W9-CTH-154

ROMEO Y JULIETA

CLÁSICOS UNIVERSALES

Editorial Bambú
es un sello de Editorial Casals, S.A.

Título original: *Romeo and Juliet*

Casp, 79 – 08013 Barcelona
Tel.: 902 107 007
www.editorialbambu.com
www.bambulector.com

Coordinación de la colección: Jordi Martín Lloret
Diseño de la colección: Liliana Palau / Enric Jardí
Imágenes del cuaderno documental: © Album/akg-images,
© Corbis/Cordon Press.

Primera edición: febrero de 2012
ISBN: 978-84-8343-180-1
Depósito legal: B-139-2012
Printed in Spain
Impreso en Índice, S.L.
Fluvià, 81-87 – 08019 Barcelona

ROMEO Y JULIETA

WILLIAM SHAKESPEARE

VERSIÓN EN PROSA
DE CONCHA CARDEÑOSO

ILUSTRACIONES
DE TONI DEU

CLÁSICOS UNIVERSALES

ÍNDICE

NOTA DE LA TRADUCTORA

Recibir en el siglo XXI el encargo de traducir Romeo y Julieta (en prosa, por cierto) es para mí un honor inesperado y sin igual que podría marcar un hito excelso en mi vida de artesana de la traducción, pero también es un susto de los que hacen pensar si no sería preferible elegir muerte, porque seguro que sabéis, y si no os lo garantizo, que Shakespeare, el dramaturgo (por no extenderme), es descomunal, no sólo por la cantidad de materia gris y de imaginación que han corrido, corren y correrán a sus expensas, sino sobre todo porque es un genio que alumbra y relumbra con luz propia.

Me rodeo de seis versiones solventes, dos en inglés —Brian Gibbons (The Arden Shakespeare) y la edición Falstaff—, tres en castellano —Luis Astrana Marín, Ángel-Luis Pujante (ambas en Austral) y Manuel Ángel Conejero Dionis-Bayer y Jenaro Talens (Cátedra)— y una en catalán —Salvador Oliva (Destino y Pompeu Fabra)— y, aunque debo entregar la traducción el 15 de octubre y estamos a 7 de julio, sé que ni en todo el tiempo que me quede de vida podría procesar toda la información que contienen dichos libros.

Opto con ilusión por entregarme al teatro, al autor de la obra y al castellano sin reservas, y sea de todo ello lo que las musas, vuestra benevolencia y mi esfuerzo quieran.

CONCHA CARDEÑOSO
Verano de 2011

PERSONAJES

ESCALO, príncipe de Verona.

MERCUCHO, joven caballero, pariente del príncipe y amigo de Romeo.

PARIS, joven noble, pariente del príncipe.

PAJE de Paris.

MONTESCO, padre de una familia veronesa enemistada con los Capuleto.

SEÑORA DE MONTESCO.

ROMEO, hijo de los Montesco.

BENVOLIO, sobrino de Montesco y amigo de Romeo y Mercucho.

ABRAHAM, criado de Montesco.

BALTASAR, criado de Montesco al servicio de Romeo.

CAPULETO, padre de una familia veronesa enemistada con los Montesco.

SEÑORA DE CAPULETO.

JULIETA, hija de los Capuleto.

TEOBALDO, sobrino de la señora de Capuleto.

ANCIANO, pariente de capuleto.
AMA, criada de la casa, nodriza de Julieta.
PEDRO, criado de los Capuleto al servicio del ama.

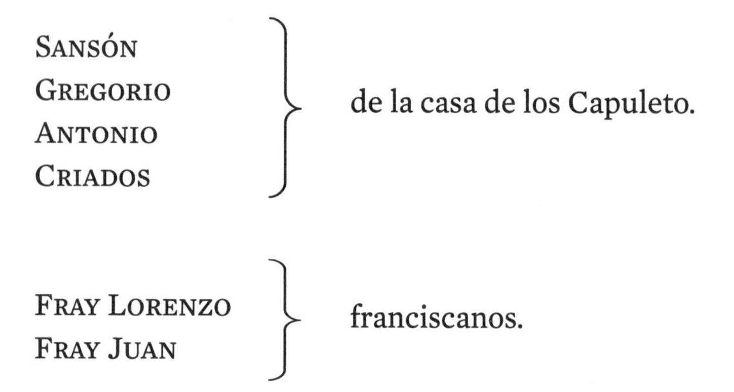

SANSÓN
GREGORIO
ANTONIO
CRIADOS
} de la casa de los Capuleto.

FRAY LORENZO
FRAY JUAN
} franciscanos.

Un boticario de Mantua.
Tres músicos.
Guardias de la ronda.
Ciudadanos de Verona.
Enmascarados, portadores de antorchas, pajes, criados.
CORO.

PRÓLOGO

Entra el CORO.

CORO: En la bella ciudad de Verona, donde acontecen los hechos que vamos a presentar, revive la enemistad que de antiguo enfrenta a dos familias, parejas en nobleza, y estalla un conflicto que tiñe manos ciudadanas de sangre ciudadana. De la entraña fatídica de estos dos rivales nacen sendos vástagos cuyo sino amoroso se cruza y cuya desventurada y lamentable destrucción entierra, junto con su vida, la enemistad de los padres. Lo que vais a presenciar en el escenario en el transcurso de dos horas es el florecimiento de un amor condenado de antemano, así como el arraigo de la ira de unos padres a la que únicamente logra poner fin la muerte de sus hijos. Prestad, pues, oídos a lo que va a suceder, y compensen vuestra paciencia y nuestro esfuerzo los defectos que hallar pudiereis.

Sale.

ACTO I

ESCENA I

[Domingo por la mañana.]

Una calle de Verona.

Entran SANSÓN *y* GREGORIO, *de la casa de los Capuleto, armados de espada y broquel.*

SANSÓN: Por éstas, Gregorio, que no nos la cargamos más.
GREGORIO: ¡Calla, que nos tomarían por mulas de carga!
SANSÓN: Me refiero a que, si se ponen cargantes, ¡nos lanzamos a la carga!
GREGORIO: Eso. Antes lanzados que cargados.
SANSÓN: Es que yo, si me provocan, respondo a la primera.
GREGORIO: Pero nunca eres el primero en responder.
SANSÓN: Me provoca cualquier perro de la casa de los Montesco.

GREGORIO: Si te provocan, te mueves, y si eres valiente, plantas cara. Por lo tanto, si te mueves, es que pones pies en polvorosa.

SANSÓN: Cualquier perro de esa casa me provoca a plantar cara. Si me cruzo con uno en la calle, lo echo del lado de la pared, sea hombre o doncella.

GREGORIO: Así demuestras lo débil que eres, porque los más débiles se arriman a la pared.

SANSÓN: Cierto; por eso mismo siempre arriman a las mujeres a la pared, porque son la parte más débil. Verás que echo a los Montesco de la pared y contra la pared arrimo a sus doncellas.

GREGORIO: La enemistad es entre nuestros amos y nosotros, entre hombres, me refiero.

SANSÓN: Para el caso, es lo mismo. Voy a enseñarles yo lo que vale un tirano; primero arremeto contra los hombres y luego verás el trato que doy a las doncellas: les romperé la cerviz.

GREGORIO: ¿La cerviz, a las doncellas?

SANSÓN: Eso mismo, descervizgaré a las doncellas. Tómalo por donde te plazca.

GREGORIO: Quienes lo habrán de tomar por algún lado son las que te prueben.

SANSÓN: Me probarán, descuida, mientras no decaiga; sabido es que estoy hecho un buen pedazo de carne.

GREGORIO: Mejor, porque si fueras pescado, arenque seco serías. Saca la herramienta. Ahí llegan dos de la casa de los Montesco.

Entran ABRAHAM y BALTASAR, criados de la casa de los Montesco.

SANSÓN: Sacada está. Éntrales. Te cubro por detrás.
GREGORIO: ¿Cómo? ¿Te pones detrás y te vas corriendo?
SANSÓN: De mí no tienes qué temer.
GREGORIO: ¡No, qué va! ¡Miedo me das!
SANSÓN: Oye, procuremos no saltarnos la ley. Que empiecen ellos.
GREGORIO: Voy a mirarlos mal al pasar y que lo tomen como quieran.
SANSÓN: Querrás decir como puedan. Voy a enseñar este dedo, ¡toma! Es una ofensa grande, si se la tragan.
ABRAHAM: ¿Nos enseñáis el dedo, señor?
SANSÓN: Lo enseño, señor.
ABRAHAM: ¿Nos enseñáis el dedo a nosotros, señor?
SANSÓN [*aparte, a* GREGORIO]: Si digo que sí, ¿nos saltamos la ley?
GREGORIO [*aparte, a* SANSÓN]: No.
SANSÓN: No, señor, no os enseño el dedo a vos, pero lo enseño.
GREGORIO: ¿Queréis pelea, señor?
ABRAHAM: ¿Pelea? No, no.
SANSÓN: Porque, si la queréis, aquí me tenéis. Sirvo a un amo tan digno como el vuestro.
ABRAHAM: Que no mejor.
SANSÓN: A ver, señor.

Entra BENVOLIO.

GREGORIO [*aparte, a* SANSÓN]: Di «mejor». Ahí viene uno de la familia de mi amo.
SANSÓN: Sí, señor, mejor.

ABRAHAM: Mentís.
SANSÓN: ¡En guardia, si sois hombres! Gregorio, enséñales tu estocada infalible.

Luchan.

BENVOLIO: ¡Separaos, necios! Bajad las armas, no sabéis lo que hacéis.

Los desarma.

Entra TEOBALDO.

TEOBALDO: ¿Qué es esto? ¿Desnudáis la espada contra estos siervos despavoridos? Volveos, Benvolio, y contemplad vuestra muerte.
BENVOLIO: Sólo quiero poner paz entre estos hombres. Bajad el arma o ayudadme a separarlos.
TEOBALDO: ¿Cómo? ¿Habláis de paz espada en mano? Aborrezco esa palabra como al mismísimo infierno, a todos los Montesco y a vos. ¡En guardia, cobarde!

Luchan.

Entran varios de ambas casas y se unen a la pelea; entran ciudadanos con palos y partesanas.

CIUDADANOS: ¡Palos, picas y machetes! ¡Al ataque! ¡Acabemos con todos! ¡Abajo los Capuleto! ¡Abajo los Montesco!

Entran el anciano CAPULETO, *en bata, y la* SEÑORA DE CAPULETO.

CAPULETO: ¿Qué alboroto es este? ¡Mi espada de combate, pronto!

SEÑORA DE CAPULETO: ¡La muleta! ¡Mejor, pedid la muleta! ¿Para qué queréis la espada?

Entran el anciano MONTESCO *y la* SEÑORA DE MONTESCO.

CAPULETO: ¡Mi espada, os digo! Por ahí se acerca el viejo Montesco blandiendo el hierro en mis narices.

MONTESCO: ¡Ah, vil Capuleto! No me detengáis. ¡Soltadme!

SEÑORA DE MONTESCO: Ni un paso deis contra vuestro enemigo.

Entra el PRÍNCIPE *con su séquito.*

PRÍNCIPE: ¡Súbditos facciosos, enemigos de la paz, profanadores del acero que mancilláis con sangre de vuestros vecinos!... ¿Acaso no me oyen éstos? Pero ¿cómo? ¿Qué hombres, qué fieras sois, que apagáis el furor de la perniciosa ira en la fontana purpúrea de vuestras venas? Bajo pena de tormento, ¡arrojen vuestras manos ensangrentadas esas armas mal templadas y oíd la sentencia de vuestro príncipe, pues nos habéis disgustado! Ya son tres vuestras pendencias, viejo Capuleto, y vos, Montesco, que, so pretexto de una mera palabra, por tres veces habéis alterado la paz de nuestras calles incitando a los ancianos de Verona a despojarse de sus venerables atributos y a empuñar en sus viejas manos armas aún más viejas, corroídas por los años de paz, para separar vuestro odio corrosivo. Si volvéis a alborotar nuestras calles, pagaréis por la paz con la vida. Por esta vez, marchaos todos. Vos, Capuleto, venid conmigo. Vos, Montesco, presentaos esta tarde en la antigua Villa Franca, donde administramos justicia, para conocer nuestra decisión en este caso. Y lo digo una vez más: so pena de muerte, ¡marchaos todos!

Salen todos menos MONTESCO, *la* SEÑORA DE MONTESCO *y* BENVOLIO.

MONTESCO: ¿Quién ha reavivado la antigua disputa? Habla, sobrino, ¿estabas aquí cuando empezó?

BENVOLIO: Cuando llegué, hallábanse aquí mismo, luchando cuerpo a cuerpo, los criados de vuestro enemigo y los nuestros. Desenvainé para separarlos y a tal punto apareció el feroz Teobaldo, espada en mano; dio en retarme haciendo molinetes con el acero, cortando con la hoja el aire, el cual, sin sufrir mal alguno, silbó burlonamente. En tanto andábamos a tajos y mandobles, fue allegándose más gente y cada cual tomó partido por el uno o por el otro, hasta que apareció el príncipe y separó a los unos de los otros.

SEÑORA DE MONTESCO: ¡Ah! ¿Dónde está Romeo? ¿Lo has visto hoy? Mucho me alegra que no tomase parte en la reyerta.

BENVOLIO: Señora, una hora antes de que el venerado sol despuntara por la áurea ventana de Oriente, preso de un desasosiego, salí a pasear por el bosquecillo de sicomoros que crece a poniente de la ciudad; a esa hora temprana vi a vuestro hijo y hacia él encaminé mis pasos, mas, al verme, buscó escondite entre los árboles. Entonces yo, midiendo sus deseos por los míos (tan ávidos de soledad que mi propia compañía me sobraba), obedecí el dictado de mi ánimo al tiempo que complacía el suyo y esquivé de buen grado a quien esquivarme quería.

MONTESCO: Muchas son las madrugadas que lo han visto en tal paraje alimentando con lágrimas el fresco rocío matutino, acrecentando las nubes con nubes de grandes suspiros. Mas tan pronto como en el lejano Oriente comienza el sol, que todo lo anima, a descorrer las brumosas cortinas del lecho de la Aurora, refúgiase en casa mi apesadumbrado hijo, huyendo de la luz, reclúyese a solas en su cámara y, cerrando los postigos al claro sol, alarga la noche para sí solo. Si algún buen consejo no disipa la causa, acabará dominado por la sombría y nefasta melancolía.

BENVOLIO: ¿Conocéis la causa, mi noble tío?

MONTESCO: No la conozco, ni de sus labios he de conocerla.

BENVOLIO: ¿Le habéis preguntado vos?

MONTESCO: Personalmente y por mediación de muchos amigos. Pero él, único consejero de sí mismo, mas no sé si con acierto, sólo en sí confía, y se muestra tan reservado y celoso de sus secretos que es imposible sondearlo y descubrir el mal que lo aqueja, como sucede al capullo mordido por un gusano envidioso, que no puede abrir sus fragantes pétalos al aire ni dedicar al sol su belleza.

Si tan sólo supiéramos la causa de tanto pesar, le procuraríamos remedio con gusto y sin tardanza.

Entra ROMEO.

BENVOLIO: Por ahí viene. Tened la bondad de retiraros; si no reniega de mi amistad, descubriré la causa de su aflicción.

MONTESCO: ¡Así tengas, por quedarte, la gran fortuna de oír una confesión sincera! Vamos, señora, desaparezcamos de aquí.

Salen MONTESCO y la SEÑORA DE MONTESCO.

BENVOLIO: Buenos días, primo.

ROMEO: ¿Ya es de día?

BENVOLIO: Acaban de dar las nueve.

ROMEO: ¡Ay de mí! ¡Largas se me hacen las horas tristes! ¿Era mi padre el que se marchaba deprisa y corriendo?

BENVOLIO: Sí. ¿Qué tristeza alarga las horas de Romeo?

ROMEO: El carecer de lo que, teniéndolo, las acorta.

BENVOLIO: ¿El amor?

ROMEO: La privación.

BENVOLIO: ¿Del amor?

ROMEO: Del favor de la que amo.

BENVOLIO: ¡Lástima de amor! Se presenta adorable cuando en verdad es un tirano inclemente.

ROMEO: ¡Lástima de amor! A pesar de la venda que lleva, ve, aun sin ojos, la manera de lograr su propósito. ¿Dónde

almorzamos? ¡Ahí va! ¿Qué lucha se ha librado aquí? Mas no me lo cuentes, que lo he oído todo. El odio hace estragos, pero mayores los hace el amor. Por lo tanto, ¡oh, amor belicoso!, ¡ah, odio amoroso! ¡Eh, lo que seas, que naces de la nada! ¡Ay, grave ingravidez, humilde vanidad, caos deforme de contornos bellos! Pluma de plomo, humo luminoso, fuego frío, salud enferma, sueño insomne que no es lo que es! Tal es el amor que siento, pues no siento amor en él. ¿No te ríes?

BENVOLIO: No, primito, antes lloro.

ROMEO: ¿Por qué, corazón bondadoso?

BENVOLIO: Por el sufrimiento de tu buen corazón.

ROMEO: Son las jugarretas del amor. Las penas me oprimen el pecho, y ahora tú, con las tuyas, las aumentas. El afecto que me manifiestas agrava mis muchas cuitas con una más. El amor es humo hecho de vapor de suspiros; si halla consumación, es fuego chispeante en los ojos enamorados, de lo contrario, trócase en un mar de lágrimas enamoradas. ¿Qué otra cosa es? Locura sensatísima, hiel que asfixia, miel que conserva. Adiós, primito mío.

BENVOLIO: Espera; voy contigo; no es justo que me dejes así.

ROMEO: ¡Bah! Me he perdido, no estoy aquí. No soy Romeo. Romeo está en otra parte.

BENVOLIO: En serio, dime de quién te has enamorado.

ROMEO: ¡Cómo! ¿Quieres que me deshaga en llanto?

BENVOLIO: No, pero dímelo, en serio.

ROMEO: ¿Pides en serio a un enfermo que haga testamento? ¡Qué requerimiento tan inoportuno para el que ha perdido la salud! De veras, primo, amo a una mujer.

BENVOLIO: Eso mismo recelé cuando supuse que te habías enamorado.

ROMEO: Diste en el blanco; ¡qué hermosa es la que amo!

BENVOLIO: Cuanto más hermoso el blanco, hermoso primo, más certero el tiro.

ROMEO: Ahora lo has errado, pues no la alcanzan las flechas de Cupido, posee la inteligencia de Diana, y el amor, con su débil arco de juguete, nada puede contra el recio escudo de la castidad. No sucumbe mi amada al asedio de los dulces requiebros, no se rinde al asalto de miradas anhelantes ni abre el regazo al oro, seductor de santidades. ¡Ay, es rica en belleza, pero pobre, pues cuando muera, su tesoro ha de morir con ella!

BENVOLIO: Así pues, ¿ha jurado castidad de por vida?

ROMEO: Así es, y se pierde por guardarla, pues la belleza, sometida a tan áspero guardián, se marchita y no perdura. Es mi amada tan bella, tan sabia, tan sabiamente bella que no ganará el cielo por condenarme a la desesperación. Ha renunciado a amar y por ese voto vivo muerto, que vivo estoy, pues te lo he contado.

BENVOLIO: Oye lo que te digo: olvídala, no pienses más en ella.

ROMEO: ¡Ah, enséñame a olvidarme de pensar!

BENVOLIO: Da libertad a los ojos: fíjate en otras beldades.

ROMEO: Tanto más me acordaré de la suya, que es exquisita. Las máscaras, esas afortunadas que besan la frente a las damas más perfectas, no logran, por ocultar la hermosura, sino recordarnos lo que ocultan. Quien se torna ciego nunca olvida el bien perdido de la vista. Por más mujeres bellas que me muestres, ¿de qué sirve su hermosura, sino para leer en ella otra superior? Adiós, tú no puedes enseñarme a olvidar.

BENVOLIO: Pues te he de enseñar o muero en el intento.

Salen.

ESCENA II

[Domingo por la tarde.]

Una calle de Verona.

Entran CAPULETO, PARIS y un CRIADO.

CAPULETO: Pero Montesco está tan obligado como yo, bajo la misma pena, y paréceme que, entre ancianos como nosotros, no ha de ser difícil mantener la paz.

PARIS: Ambos gozáis de buen nombre y es lástima que llevéis tanto tiempo enemistados. Mas, decidme, mi señor, ¿qué opináis de mi proposición?

CAPULETO: Repito lo que antes dije. Mi hija es todavía nueva en este mundo, ni siquiera lo ha visto cambiar a lo largo de catorce años. Dejemos que se agoste la gloria de dos estíos más y veamos entonces si ha madurado para el matrimonio.

PARIS: Hay madres felices a edad más temprana.

CAPULETO: Y a edad más temprana se estropean. No me resta en la Tierra sino una esperanza sola: mi hija, pues espero que sea señora de mi heredad. Mas, cortejadla, gentil Paris, adueñaos de su corazón, que su consentimiento pesa en esto más que mi voluntad. Y tan pronto como ella acepte, a su elección daré consentimiento y claro anuncio. Esta noche, según la tradición de mi casa, celebro una fiesta a la que asistirán numerosos convidados, buenos amigos todos, vos entre ellos: uno más, y muy bien recibido, vale para mí por dos. Esta noche en mi humilde morada tendréis ocasión de contemplar estrellas que habitan la Tierra y eclipsan la luz de los astros. Conocéis el vigor que hinche a los jóvenes lozanos cuando abril esplendoroso triunfa sobre el invierno cojitranco, pues de ese mismo deleite gozaréis esta noche en mi casa, rodeado de tiernas muchachas en flor. Oíd, mirad y elegid a la que más méritos reúna, con lo cual, vistas todas, también veréis a la mía, que es una más, aunque la una no entra en la cuenta. Venid, acompañadme. [*A un* CRIADO.] ¡Tú, gañán! Busca a las personas cuyos nombres figuran aquí escritos y diles que tengo el placer de poner mi casa a su disposición y que serán muy bien recibidos. ¡Hala, arrea! ¡A recorrer la ciudad!

Salen CAPULETO *y* PARIS.

CRIADO: Busca a los que están escritos aquí... Lo que está escrito es que el zapatero atienda a sus hilos y sus agujas, y el sastre a sus zapatos, y el pescador a su pincel, y el pintor a sus redes, pero a mí, que no sé de letras, me mandan buscar a las personas que ha escrito aquí el escribiente. Tengo que preguntar a quien sepa. Allá voy.

Entran BENVOLIO *y* ROMEO.

BENVOLIO: ¡Bah, hombre! Un fuego apaga otro fuego y un dolor pasa con los rigores de otro. El mareo se cura dando vueltas al contrario y una pena insufrible desaparece con otra: encapríchate con una nueva y verás cómo se diluye el veneno rancio de la anterior.

ROMEO: Para eso son muy buenos los fomentos.

BENVOLIO: ¿Para qué, te lo ruego?

ROMEO: Para las patadas en las espinillas.

BENVOLIO: Pero, Romeo, ¿te has vuelto loco?

ROMEO: Loco, no, pero estoy más atado que un loco: encarcelado, castigado sin pan, azotado, torturado y... Buenas tardes, buen hombre.

CRIADO: Buenas nos dé Dios; decidme, señor, os lo ruego, ¿sabéis leer?

ROMEO: Sí, leo el porvenir en mi infortunio.

CRIADO: Eso se aprende sin libros, pero, decidme, ¿podéis leer cualquier cosa escrita?

ROMEO: Si conozco el alfabeto y la lengua, sí.

CRIADO: Bien dicho. Que sigáis bien.

ROMEO: Espera, hombre. Sé leer. [*Lee la nota.*] «*Signor* Martino, esposa e hijas; conde Anselmo y sus bellas hermanas; señora viuda de Utruvio; *signor* Placencio y sus adorables sobrinas; Mercucho y su hermano Valentín; mi tío Capuleto, esposa e hijas; mi bella sobrina Rosalina y Livia; *signor* Valencio y su primo Teobaldo; Lucio y la vivaracha Helena.» Buena compañía. ¿Y adónde deben ir?

CRIADO: Arriba.

ROMEO: ¿Dónde es la cena?

CRIADO: En nuestra casa.

ROMEO: ¿La casa de quién?

CRIADO: La de mi amo.

ROMEO: Tenía que haber empezado a preguntar por ahí.

CRIADO: Pues ahora os lo digo sin que me lo preguntéis. Mi amo es un hombre muy rico, el gran Capuleto, y si no sois Montesco, venid a probar el vino. Que os divirtáis.

Sale.

BENVOLIO: A ese banquete que celebra Capuleto todos los años acuden la bella Rosalina, a la que tanto amas, y las mujeres más admiradas de Verona. Preséntate y, como si la vieras por primera vez, compárala con otras que te indique yo; verás convertirse al cisne en cuervo.

ROMEO: Que se me torne en fuego el llanto si a tal punto blasfeman mis devotos ojos contra su religión; mueran en las llamas, por embusteros, estos herejes transparentes en cuyas copiosas lágrimas no han sabido perecer ahogados. ¿Otra más bella que mi amada? El sol, que todo lo ve, no ha contemplado otra igual desde que el mundo es mundo.

BENVOLIO: ¡Bah! Antojósete bonita porque, cuando la viste, no había con quién compararla y en ella colmaste ambos ojos, pero pongamos en uno de esos platillos cristalinos a la dama de tus amores, y en el otro, a una que yo te diga de entre las bellezas que habrá en la fiesta, y lo que ahora te parece insuperable te parecerá pasable apenas.

ROMEO: Voy contigo, mas no por ver eso que dices, sino por solazarme en el esplendor que digo yo.

Salen.

ESCENA III

[Domingo por la noche.]

Estancia en casa de Capuleto.

Entran la SEÑORA DE CAPULETO y el AMA.

SEÑORA DE CAPULETO: Ama, ¿dónde está mi hija? Dile que venga a verme.

AMA: ¡Ay! Por mi doncellez a los doce años, que ya se lo he dicho. ¡Rosa de agosto! ¡Palomita! ¡Válgame el cielo! ¿Dónde estará esa moza? ¡Julieta!

Entra Julieta.

JULIETA: ¿Qué hay? ¿Quién me llama?

AMA: Tu madre.

JULIETA: Aquí estoy, señora, ¿qué deseáis?

SEÑORA DE CAPULETO: El asunto es como sigue. Ama, déjanos solas un rato; es menester que hablemos en privado. Ama, vuelve; casi mejor, oye cuanto aquí se diga. Sabes que mi hija ya tiene cierta edad.

AMA: A fe mía que sé hasta las horas que ha cumplido.

SEÑORA DE CAPULETO: No ha cumplido los catorce.

AMA: Apuesto catorce dientes, aunque, dicho sea de paso, por desgracia sólo me quedan cuatro, a que la niña no los tiene todavía. ¿Cuánto falta para agosto?

SEÑORA DE CAPULETO: Quince o veinte días.

AMA: Sean quince o veinte, de todos los días del año, ella cumple los catorce la víspera del primero de agosto. Nació el mismo día que Susana, Dios la tenga en su seno, que el Señor se la llevó porque yo no me la merecía. Pero, como iba diciendo, la última noche de julio cumple la niña los catorce. ¡Que sí! Por éstas que me acuerdo como si fuera ahora, porque hace justos once años del terremoto, que fue cuando la desteté, que de entre todos los días del año, ese no se me olvidará mientras viva. Porque me unté de ajenjo los pezones, allí sentada, contra la pared del palomar. A la sazón os hallabais en Mantua mi señor y vos... ¡Hay que ver la cabeza que tengo! Pues eso, que al probar la pichoncita el ajenjo del pezón, tan amargo, la tontuela se enfadó toda con la teta. En éstas que de pronto se echa a temblar el palomar y echo yo a correr sin que me lo digan dos veces. Hace de eso once años, que ya andaba ella sola, pero qué digo, si hasta corría y topaba con todo, porque justo el día anterior se hizo un rasguño en la frente y entonces mi marido, Dios lo tenga en su gloria (¡qué hombre tan jocundo era!), aúpa a la pichona y le dice: «Vaya, ¿te has caído boca abajo? Bueno, de mayor aprenderás a caerte boca arriba, ¿a que sí, Juli?» Y por la virgen santa que la pobrecica deja de llorar y dice: «Sí.» ¡Tendría guasa que ahora se cumpliera la broma! Por éstas que no se me olvida ni en mil años que viva. «¿A que sí, Juli?», dice él, y la tontuela deja de llorar y contesta: «Sí.»

SEÑORA DE CAPULETO: Para ya, te lo ruego, no sigas con eso.

AMA: Sí, señora, aunque me desternillo toda cada vez que me acuerdo. Pues ¿no deja de llorar y contesta: «Sí», a pesar del chichonazo, que era más grande que un huevo de gallito, y de lo mucho que le dolía y lo mucho que lloraba el angelito? «Vaya», le dice mi marido, «¿te has caído boca abajo, Juli? Bueno, de mayor aprenderás a caerte boca arriba, ¿a que sí, Juli?» Y ella deja de llorar y contesta: «Sí.»

JULIETA: Y ahora digo que lo dejes tú también, ama, te lo ruego.

AMA: No digo más, punto en boca. Dios te bendiga, que eras la niñita más bonita que crié en mi vida. Se colmará mi deseo si vivo para verte casada un día.

SEÑORA DE CAPULETO: Casada, eso es precisamente de lo que quería hablar. Dime, Julieta, hija mía, ¿no has pensado en casarte?

JULIETA: Es un honor con el que no sueño siquiera.

AMA: Un honor. De no ser yo la única nodriza que has tenido, diría que mamaste sabiduría de la teta.

SEÑORA DE CAPULETO: Bien, pues ahora, piensa en ello. Muchas damas veronesas más jóvenes que tú ya son madres. Si no me falla la cuenta, te tuve más a menos a la edad que tienes tú ahora. Así pues, en pocas palabas: el gallardo Paris desea desposarte.

AMA: Un hombre, jovencita. Señora, un hombre al que todo el mundo... bueno, un hombre ejemplar.

SEÑORA DE CAPULETO: No hay en Verona mejor flor de estío.

AMA: Eso, una flor; a fe mía, una auténtica flor.

SEÑORA DE CAPULETO: ¿Qué respondes? ¿Puedes amar a ese caballero? Esta noche tendrás ocasión de verlo en la fiesta; lee el encanto que en el libro de su rostro ha escrito la pluma de la belleza. Fíjate en la composición de sus facciones, en la armonía con que se emparejan; y si algo hallares de incomprensible en libro tan hermoso, explicado lo verás en los márgenes de sus ojos. Ese estimable libro de amor, ese enamorado por ligar, tan sólo precisa del abrazo de la cubierta para ser perfecto. Igual que al pez la mar, conviene a la belleza interior envolverse por fuera en belleza. El libro que guarda con broches de oro su dorada historia participa del esplendor de sus ricos cierres, es cosa que ven todos los ojos; así también participarás tú, al aceptarlo, de cuanto él posee, sin menguar tú en nada por ello.

AMA: ¡Qué menguar ni ocho cuartos! ¡Aumentar! El hombre aumenta a la mujer.

SEÑORA DE CAPULETO: Dilo en pocas palabras: ¿te agradará el amor de Paris?

JULIETA: Miraré a ver, si es que el mirar despierta agrado, pero sólo clavaré las flechas de mis ojos en la medida en que vos las consintáis volar.

Entra un CRIADO.

CRIADO: Señora, llegan los convidados, el banquete está servido, requieren vuestra presencia, preguntan por mi joven señora, maldicen al Ama en la despensa y hay que atender a todas las cosas. Debo, pues, ir a servir y os ruego que acudáis sin demora.

Sale.

SEÑORA DE CAPULETO: Te seguimos; Julieta, el conde aguarda.

AMA: Ve, niña, y que los días felices traigan noches felices.

Salen.

ESCENA IV

La calle, ante la casa de los Capuleto.

Entran ROMEO, MERCUCHO y BENVOLIO con cinco o seis enmascarados y portadores de antorchas.

ROMEO: ¿Qué hacemos? ¿Soltamos el discurso preceptivo o entramos sin dar explicaciones?

BENVOLIO: Tales lindezas son cosa de tiempos pasados. No somos Cupido que va asustando a las damas como un espantajo, con una venda en los ojos y un arco de mentira, ni vamos a anunciar nuestra llegada repitiendo lo que diga el apuntador. Que nos tomen por lo que quieran; nosotros nos tomamos unos bailes y nos vamos.

ROMEO: Dame una antorcha, no tengo ganas de bailes. Estoy tan apagado que prefiero llevar la luz.

MERCUCHO: No, gentil Romeo, queremos verte bailar.

ROMEO: No, de veras. Vosotros calzáis suelas ligeras para bailar, pero yo cargo con un peso tan grande en el alma que no me puedo mover.

MERCUCHO: Ya que estás enamorado, pide a Cupido sus alas y elévate por encima de todos.

ROMEO: Me ha clavado la flecha tan hondo que sus leves plumas no pueden conmigo y me ha abatido tanto que no puedo remontar la pena; me hunde el peso del amor.

MERCUCHO: Y para hundirte en el amor cargas sobre él todo tu peso: mucha opresión es para cosa tan tierna.

ROMEO: ¿Tierno, el amor? Es cruel. Cruel y violento, y pincha como la zarza.

MERCUCHO: Si el amor te trata mal, trátalo mal tú a él; si pincha, pínchalo y véncelo. Dadme con qué cubrir el rostro. [*Se pone un antifaz rojo.*] Máscara sobre careta. ¿Qué me importa que el curioso vea los defectos, si es la máscara la sonrojada?

BENVOLIO: Vamos, llamemos y adelante, y tan pronto como estemos dentro, mueva cada cual las piernas a su gusto.

ROMEO: Yo me quedo con la antorcha. Hagan cosquillas a los insensibles juncos de las esteras los pies retozones y el corazón alegre, que yo haré honor a un dicho antiguo: seré el palo que aguanta la vela y en silencio velaré, pues quien calla y mira gana la partida y ya me callo.

MERCUCHO: ¡Bah! Quien calla otorga, como dijo un sabio. Te desencallaremos, pues estás encallado en el lodazal del amor, con perdón, en el que te has hundido hasta las orejas. ¡Vamos, que malgastamos la luz del día!

ROMEO: ¡Es noche cerrada!

MERCUCHO: Quiero decir, señor, que con tanta dilación malgastamos las antorchas como si fuera de día. Tómalo en el buen sentido, que es cosa cinco veces más sensata que cuanto digan los cinco sentidos.

ROMEO: En el buen sentido venimos a esta mascarada, pero es un sinsentido.

MERCUCHO: ¿Por qué, si puede saberse?

ROMEO: Anoche tuve un sueño.

MERCUCHO: Yo también.

ROMEO: A ver, ¿qué soñaste?

MERCUCHO: Que los soñadores suelen mentir.

ROMEO: Los sueños son verdad cuando uno los sueña.

MERCUCHO: Ya veo que recibiste la visita de la reina Mab. Es la partera de las hadas, no abulta más que un sello de ágata en el dedo de un legislador y, transportada por un tiro de seres diminutos, llega a las narices de los durmientes. La carroza es una cáscara de avellana que fabricaron la ardilla ebanista o el gusano viejo, los carroceros de las hadas desde tiempos inmemoriales. Son los radios de las ruedas largas patas de araña; la capota, alas de saltamontes; las riendas, finísimos hilos de telaraña; los arneses, acuosos rayos de luna; la fusta, un hueso de grillo; la tralla, una hebra sutil. El cochero es un mosquito gris más chico que el gusanito enroscado que se cría entre los dedos de las doncellas perezosas. Con toda esa parafernalia galopa Mab noche tras noche por los sesos de los enamorados, insuflándoles sueños de amor; por las rodillas de los cortesanos, que al momento sueñan con reverencias; por las manos de los abogados, dándoles sueños de minutas; por los labios de las señoras, que al punto sueñan con besos, aunque muchas veces se los infesta Mab de pupas, porque las durmientes se han ensuciado el aliento con golosinas. A veces galopa ante las narices de un cortesano y éste sueña que husmea un gran favor; otras, cosquillea las narices a un párroco con la cola de lechón del diezmo y enseguida sueña el reverendo con mayores prebendas. O se allega al cuello de un soldado y al instante suéñase el hombre degollando extranjeros, abriendo brechas, tendiendo emboscadas, o con espadas toledanas y brindando con medias cántaras de vino, pero de pronto redobla el tambor a su lado y se despierta sobresaltado; entonces, temeroso, masculla un par de oraciones y vuelve a dormirse. Tal es Mab, la que trenza las crines de los caballos por la noche y enmaraña los mechones a los duendes en sucios nudos grasientos que, cuando se desenredan, predicen grandes infortunios. Es la bruja que monta a las doncellas cuando yacen de espaldas y les enseña a aguantar lo que les echen y a ser mujeres de provecho. Tal es la que...

ROMEO: Tente, Mercucho, tente. Con todo lo que hablas nada dices.

MERCUCHO: Cierto, pues hablo de sueños, que son hijos del cerebro ocioso, engendros sólo de la vana fantasía, tan falta de sustancia como el aire y más cambiante que el viento, que tan pronto importuna el seno helado del norte como, enfurecido, vuelve su soplo al rocío del sur.

BENVOLIO: Ese viento que dices se vuelve ahora contra nosotros, pues han ventilado la cena y llegamos tarde.

ROMEO: Temprano, me temo, porque presiento que esta misma noche empezará a revelarse en la fiesta una desgracia escrita en los astros y una vil jugarreta de muerte prematura pondrá fin a la vida malgastada que encierra mi pecho. Mas guíe mi nave el que lleva el timón de mi rumbo. ¡Adentro, vigorosos caballeros!

BENVOLIO: Suene el tambor.

Salen.

ESCENA V

Estancia en casa de los Capuleto.
Desfilan los anteriores por el escenario. Entran CRIADOS *con servilletas; más tarde celebrarán el banquete por su cuenta.*

CRIADO PRIMERO: ¿Dónde está Perol, que no ayuda a quitar la mesa? ¡No se lleva una fuente ni friega un plato!

CRIADO SEGUNDO: Es un asco que los buenos modales estén en manos de uno o dos que ni siquiera se las lavan.

CRIADO PRIMERO: ¡Fuera las banquetas! ¡Retira el aparador! ¡Cuidado con la vajilla! Sé bueno y guárdame un trozo de mazapán y, como me quieres tanto, di al portero que deje entrar a Susana Amoladera y a Nela... ¡Antonio y Perol!

CRIADO TERCERO: Sí, aquí estamos.

CRIADO PRIMERO: Os buscan en la sala principal, os llaman, preguntan por vosotros y os esperan.

CRIADO CUARTO: No podemos estar aquí y allí al mismo tiempo. ¡Brío, muchachos! ¡Espabilad y a vivir, que son dos días!

Salen los CRIADOS.

Entran CAPULETO, la SEÑORA DE CAPULETO, JULIETA, TEOBALDO, el AMA, los invitados, las señoras y los enmascarados.

CAPULETO: Pasen mis amigos, adelante. Caballeros, cualquiera de las señoras cuyos pies no sufran de callos bailará una danza con vosotros. ¡Ah, señoras mías! ¿Cuál de todas no querrá bailar ahora? A fe, señores, que sólo os rechazará la que sufra de los pies. ¿No es eso? Adelante, caballeros. También yo en otros tiempos, oculto tras una máscara, susurraba cuentos a las damas al oído. Como podéis ver, eso ya no es para mí. ¡Adelante, caballeros!

¡Que empiece la música! Despejad el terreno, haced sitio a los danzantes. ¡Brío, niñas, a mover los pies! [*Empieza la música y bailan.*] ¡Más luz, bribones! Y volved las mesas boca arriba. Achicad la lumbre, hace mucho calor aquí. ¡Ah, gañán, qué divertida esta fiesta improvisada! Siéntate aquí conmigo, buen primo Capuleto, que ya no es tanto trajín para nosotros. ¿Cuánto hace que no acudíamos los dos a un baile?

PARIENTE DE CAPULETO: ¡Treinta años, Virgen Santa!

CAPULETO: Bueno, hombre, no será tanto, no será tanto. Desde la boda de Lucencio, unos veinticinco años hará por Pentescostés, caiga cuando caiga: en tal ocasión bailamos.

PARIENTE DE CAPULETO: Más hace, más, primo, que su hijo es mayor: treinta años ha cumplido ya.

CAPULETO: ¿Qué me dices? ¡Si era un mocoso hace un par de años!

ROMEO: ¿Qué dama es la que adorna la mano de aquel caballero?

CRIADO: No lo sé, señor.

ROMEO: ¡Ah! ¡Ella enseña a las antorchas a brillar! Parece suspendida de las mejillas de la noche como una joya valiosa de la oreja de un etíope: demasiado bella para usarla, demasiado para este mundo. Esa dama es, entre sus compañeras, una paloma blanquísima entre cuervos. Ahora que la he descubierto, no quiero perderla de vista y me dispongo a bendecir mi ruda mano rozando la suya. ¿Ha amado mi corazón antes de este momento? ¡Que lo juren mis ojos, que hasta esta noche no han conocido la verdadera belleza!

TEOBALDO: Por la voz diría que ése es Montesco. Tráeme el estoque, mozo. [*Sale el mozo.*] ¿Cómo se atreve esa sabandija a venir aquí, escondiéndose con un antifaz, a mofarse y a reírse de nuestra solemne celebración? Pues, por el nombre y el honor de mi familia, no será pecado que lo mate.

CAPULETO: ¿Qué te sucede, sobrino, que tanto te altera?

TEOBALDO: Tío, ése es un Montesco, enemigo nuestro: el villano ha venido a burlarse, a mofarse de la solemnidad de nuestra fiesta.

CAPULETO: ¿Es, pues, el joven Romeo?

TEOBALDO: El mismo, el ruin Romeo.

CAPULETO: Confórmate, gentil sobrino, déjalo tranquilo y sopórtalo como un caballero. Y, a decir verdad, Verona lo tiene por joven recto y virtuoso. No lo perjudicaría aquí, en mi casa, ni por toda la riqueza de la ciudad. Por tanto, sé paciente y finge que no lo ves. Ésa es mi voluntad y debes respetarla mostrando buen humor y poniendo mejor gesto: ese ceño fruncido no conviene a una fiesta.

TEOBALDO: Conviene cuando tal villano se cuela de rondón. No lo consentiré.

CAPULETO: Lo consentirás. ¿No me has oído, caballerito? Digo que lo consentirás. ¿Habráse visto? Pero, a ver, ¿quién es aquí el amo, tú o yo? ¡Lo que hay que oír! ¿Que no lo consentirás? ¡Que Dios se apiade de mi alma, tú empezando una refriega entre mis huéspedes, tú poniéndote como un gallito, tú haciéndote el hombre de la casa!

TEOBALDO: Pero, tío, ¡es una ofensa!

CAPULETO: ¡Anda, anda! ¡Qué insolente te vuelves, chiquillo! Conque es una ofensa, ¿eh? Ojo, no salgas escarmentado de esta broma. Sé lo que me digo. ¡En buena hora vienes tú a contrariarme! ¡Así se baila, amigos míos! Anda, anda, que eres un tontaina. ¡A callar o...! ¡Más luz! ¡Más luz! ¡O te hago callar yo, por éstas! ¡Alegría, alegría, amigos míos!

TEOBALDO: Me tiemblan las carnes de la paciencia con que soporto vuestra cólera caprichosa. Me retiro, pero esta intrusión que ahora se os antoja graciosa se volverá amarga hiel.

Sale.

ROMEO habla a JULIETA.

ROMEO: Si con mano indigna profano tan sagrado templo, estos labios, dos peregrinos ruborizados, dulcemente expiarán el pecado del áspero roce con la ternura de un beso.

JULIETA: Buen peregrino, muy mal tratáis a vuestra mano, que tan respetuosa devoción muestra, pues es sagrado el beso que da la mano del peregrino al tocar la del santo.

ROMEO: ¿Acaso no tienen labios los santos ni los peregrinos?

JULIETA: Sí, peregrino, labios para rezar.

ROMEO: Entonces, santa de mi devoción, permite que los labios hagan lo que hacen las manos: acepta su plegaria para que la fe no se torne en desesperación.

JULIETA: Los santos no se mueven, pero aceptan las plegarias.

ROMEO: Entonces, no te muevas mientras tomo la bendición de la mía. [*La besa.*] Y así, en tus labios, purgo el pecado de los míos.

JULIETA: Ahora tienen mis labios el pecado que han tomado de los tuyos.

ROMEO: ¿El pecado de mis labios? ¡Dulce reproche! Devuélvemelo.

La besa.

JULIETA: Besas como está escrito.

AMA: Mi señora, te llama tu madre.

ROMEO: ¿Quién es su madre?

AMA: Alegre mancebo, su madre es la señora de la casa, una gran dama, sabia y virtuosa por demás. Yo crié a su hija, con la que estabas hablando y te aseguro que el que se quede con ella se lleva un tesoro.

ROMEO: ¿Es, pues, hija de Capuleto? ¡Ay, qué mala estrella! Debo la vida a mi enemigo.

BENVOLIO: ¡Andando! ¡Vámonos! La fiesta ha alcanzado su mejor momento.

ROMEO: Sí, eso me temo. ¡Ay, qué gran inquietud!

CAPULETO: No, caballeros, no os despidáis todavía, vamos a servir un refrigerio frugal. [*Le dicen algo al oído.*] ¿De veras? En tal caso, muchas gracias a todos; os quedo muy agradecido, caballeros, buenas noches. ¡Traed aquí más antorchas! Vamos, vamos, a la cama. A fe mía, gañán, que nos van a dar las del alba. Me retiro a descansar.

Salen Capuleto *y la* Señora de Capuleto, *los invitados, las damas y los enmascarados.*

Julieta: ¡Ama, ven aquí! ¿Quién es aquel caballero?

Ama: Es el hijo heredero de Tiberio.

Julieta: ¿Y el que sale ahora por la puerta?

Ama: El joven Petrucho, si no me engaño.

Julieta: ¿Y ese otro que va detrás, el que no bailaba?

Ama: No sé.

Julieta: Ve a preguntar quién es. Si tiene mujer, mi tálamo nupcial será mi tumba.

Ama: Se llama Romeo y es Montesco, el hijo único de tu mayor enemigo.

Julieta: Mi único amor nace de mi único enemigo; lo he conocido sin saber quién era y ahora es tarde para saber quién es. ¡Ay, fatídico nacimiento del amor es para mí, si debo amar a un enemigo acérrimo!

Ama: ¿Qué dices? ¿Qué dices?

Julieta: Nada, unos versos que me acaba de enseñar uno con quien he bailado antes.

Llaman desde dentro: «¡Julieta!»

Ama: ¡Ya va! ¡Ya va! Adentro, niña, que ya se han ido todos los invitados.

Salen.

ACTO II

PRÓLOGO

Entra el CORO.

CORO: Yace ahora en el lecho de muerte el deseo anterior, y un sentimiento nuevo anhela ocupar su trono; la bella dama por la que suspiraba el enamorado y aun estaba dispuesto a morir ha perdido brillo en comparación con la dulce Julieta. Romeo es amado y ama de nuevo, hechizados los dos por el embrujo de las miradas, pero él ha de declarar su querencia a una supuesta enemiga, y ella, robar del peligroso anzuelo el dulce cebo del amor. La enemistad de los padres priva a Romeo de susurrar a su amada promesas de amor, y Julieta, que se ha prendado con la misma intensidad, cuenta aun con menos medios para reunirse con él. Sin embargo, la pasión les presta fuerza, y el tiempo, los medios para verse a solas y vencer las mayores dificultades con la mayor ternura.

Sale.

ESCENA I

Una callejuela, al pie de los muros del jardín de Capuleto.

Entra ROMEO solo.

ROMEO: ¿Cómo sigo adelante si dejo el corazón aquí? Vuelve, barro desgraciado, y busca tu centro.

Se retira.

Entran BENVOLIO y MERCUCHO.

BENVOLIO: ¡Romeo! ¡Primo mío! ¡Romeo! ¡Romeo!
MERCUCHO: A fe mía que ha tenido la sensatez de irse a la cama.
BENVOLIO: Se fue corriendo por aquí y saltó la tapia de ese huerto. ¡Llámalo, buen Mercucho!
MERCUCHO: No, es mejor que lo conjure, si acierto a llamarlo por su nombre: ¡Romeo! ¡Antojo! ¡Locura! ¡Pasión! ¡Enamorado! ¡Manifiéstate en forma de suspiro o dinos un solo verso y me daré por satisfecho! Exclama tan sólo «¡Ay de mí!» o rima «amor» con «candor». Dedica una palabra hermosa a mi comadre Venus, inventa un mote para el ciego de su hijo y heredero, el joven Abraham Cupido, el mismo cuyo dardo hirió con perfecta puntería al rey

Cofetua cuando se enamoró de la doncella mendiga.[1] No nos oye, no se muestra, no se mueve. Muerto está el mono y he de conjurarlo.[2] Yo te conjuro, por los brillantes ojos de Rosalina, por su frente despejada y por sus labios encarnados, por la finura de su pie y por la perfección de sus piernas, por el temblor de sus muslos y por lo que éstos rodean: ¡aparece con su forma!

BENVOLIO: Si te oye, se enfada contigo.

MERCUCHO: No puede enfadarse por eso. Se enfadaría si obligase a un espíritu desconocido a penetrar en el círculo de su amada y lo dejase ahí, enhiesto, hasta que ella lo abatiera y lo hiciera desaparecer. Eso sí lo ofendería. En cambio, mi invocación es justa y buena, pues únicamente he pronunciado el nombre de su amada para animarlo a él.

BENVOLIO: Vámonos; se ha ocultado entre los árboles y se ha aliado con las sombras caprichosas de la noche. El amor es ciego y se entiende mejor con la oscuridad.

MERCUCHO: Si es ciego, no puede dar en el blanco. Ahora estará bajo una higuera soñando que su enamorada es la fruta a la que las doncellas llaman breva con mucha guasa cuando están solas. ¡Ay, Romeo, Romeo, así fuera ella breva madura y dulce pera tú! Buenas noches, Romeo. Me voy a mi blando lecho, que éste de tierra es muy frío para mí. Andando, ¿nos vamos?

1 Se refiere a una leyenda antigua sobre un rey africano que no se podía enamorar, hasta que se enamoró de una mendiga. (Todas las notas al pie son de la traductora.)

2 Se refiere a un truco de feria de la época, en el que un mono fingía estar muerto y resucitaba al ensalmo de las palabras mágicas del domador.

BENVOLIO: Sí, es inútil buscar a quien no quiere que lo encuentren.

Salen BENVOLIO *y* MERCUCHO.

ESCENA II

El jardín de Capuleto.

Entra ROMEO.

ROMEO: Se burla del dolor quien nunca sufrió una herida. [*Aparece Julieta en el balcón.*] Un momento, ¿qué luz se asoma a esa ventana? ¡Es el Oriente, y Julieta, el sol! ¡Levántate, bello sol, y mata a la envidiosa luna, que palidece de rabia porque tú, su doncella, eres mucho más hermosa. No la sirvas, que es envidiosa; su atavío virginal, verde y descolorido, es sólo para los necios. ¡Recházalo! ¡Es mi dueña, es mi amor! ¡Ah, si al menos lo supiera ella! Habla, pero no dice nada. ¿Qué ha dicho? Son sus ojos los que hablan, voy a responderles. ¡Qué atrevimiento el mío! No se dirige a mí. Los dos luceros más brillantes del firmamento han tenido que ausentarse y han pedido a sus ojos que brillen en su lugar. ¿Y si sus ojos estuvieran en el cielo y los luceros en su rostro? El brillo de sus mejillas los haría palidecer como palidece la candela a la luz del día, mientras que sus ojos, en las alturas, rasgarían las regiones celestes con una estela tan deslumbrante que los pájaros empezarían a cantar creyendo que llega el día. ¡Cómo apoya en la mano el rostro! ¡Quisiera ser guante para estar en esa mano y acariciar ese rostro!

JULIETA: ¡Pobre de mí!

ROMEO: Habla. ¡Ay, habla otra vez, ángel de luz, porque iluminas la noche desde la altura con tanta fuerza como el alado mensajero celestial los ojos que se alzan al cielo para verlo pasar surcando el aire a lomos de perezosas nubes de algodón.

JULIETA: ¡Ay, Romeo, Romeo! ¿Por qué eres Romeo? Niega a tu padre y renuncia a tu nombre, o, si no, júrame amor eterno y dejaré de ser Capuleto.

ROMEO: ¿Sigo escuchando o respondo?

JULIETA: Sólo tu nombre es mi enemigo, porque tú seguirías siendo el mismo aunque no fueras Montesco. ¿Qué significa Montesco? No es mano, ni pie, ni brazo, ni rostro, ni parte alguna del hombre. ¡Cámbiate el nombre! ¿Qué tiene el nombre? Lo que llamamos rosa no perdería su dulce olor aunque se llamara de otra forma; entonces, aunque Romeo tuviera otro nombre, no perdería la perfección que posee llamándose así. Romeo, quítate el nombre y, a cambio del nombre, que no forma parte de ti, tómame a mí toda entera.

ROMEO: Te tomo la palabra, llámame amor, bautízame de nuevo y nunca más seré Romeo.

JULIETA: ¿Quién eres tú, que te ocultas en las sombras de la noche y oyes mis secretos sin permiso?

ROMEO: No sé qué nombre ponerme, santa adorada, pues aborrezco el mío porque es tu enemigo. Si lo tuviera escrito, lo rompería en mil pedazos.

JULIETA: Ni cien palabras de tu lengua han empapado todavía mis oídos y ya reconozco la voz. ¿No eres Romeo y Montesco?

ROMEO: Ni lo uno ni lo otro, hermosa doncella, si el uno y el otro te disgustan.

JULIETA: ¿Cómo has llegado aquí?, dime, ¿y por dónde has entrado? Los muros del jardín son altos y difíciles de saltar, y, por ser quien eres, corres aquí peligro de muerte, si alguno de los míos te sorprende.

ROMEO: Con las ligeras alas del amor he saltado estos muros, pues no hay muralla de piedra que resista el asalto del amor, y el amor es capaz de lograr cuanto se proponga; por eso no temo a los tuyos.

JULIETA: Te matarían si te vieran.

ROMEO: ¡Oh! Más peligro hay en tus ojos que en veinte espadas de tus parientes. Sé amable conmigo y estaré a salvo de su enemistad.

JULIETA: Por nada del mundo quisiera que te encontraran aquí.

ROMEO: El manto de la noche me oculta a sus miradas, pero, si tú me amas, que me encuentren. Prefiero perder la vida a sus manos que vivir muerto por falta de amor.

JULIETA: ¿Quién te indicó la manera de llegar aquí?

ROMEO: El amor, que me incitó a preguntar primero. Me dio consejo y yo le presté mis ojos. No soy piloto, pero, aunque estuvieras en la costa más lejana del más lejano mar, me aventuraría en busca de tan valiosa mercancía.

JULIETA: Si no me ocultase la máscara de la noche, verías el rubor virginal que me enciende las mejillas por lo que me has oído decir hace un instante. Dispuesta estoy a guardar las formas y dispuestísima a negar cuanto he dicho, pero, ¡nada de rodeos! ¿Me amas? Sé que dirás que sí y te creeré, porque si lo juras, a lo mejor juras en falso, y dicen que Júpiter se ríe de los amantes perjuros. ¡Ay, gentil Romeo! Si me amas, dilo sinceramente, pero si te parece que me dejo convencer enseguida, pondré mala cara, disimularé y te diré que no, y entonces tendrás que cortejarme; de lo contrario, por nada del mundo lo negaré. La verdad, gentil Montesco, es que me gustas tanto que a lo mejor te parezco muy ligera. Pero confía en mí, caballero, pues seré más firme contigo que las que fingen indiferencia. Reconozco que debí mostrar mayor indiferencia, pero, sin saberlo, oíste mis encendidas palabras de amor; por lo tanto, perdóname y no me juzgues ligera en el amor por lo que has descubierto al amparo de la noche.

ROMEO: Señora, juro por esa bendita luna que corona de plata los frutales...

JULIETA: ¡Ay! No jures por la luna, que es inconstante, pues todos los meses cambia en el círculo de su órbita. ¡No sea tu amor tan mudable!

ROMEO: ¿Por qué te lo puedo jurar?

JULIETA: No lo jures por nada. Pero, si quieres, júralo por tu gentil persona, que es el dios al que idolatro, y te creeré.

ROMEO: Si el único amor de mi corazón...

JULIETA: Mejor, no jures nada. Aunque eres mi alegría, no me alegra el pacto de esta noche. Es precipitado, súbito, repentino, demasiado semejante al relámpago, que cesa antes de poder decir: «un relámpago». Buenas noches. Tal vez, la próxima vez que nos veamos, el cálido aliento del verano convierta este capullo de amor en una flor esplendorosa. Buenas noches, buenas noches. Te deseo un descanso tan dulce y reparador como el que anida en mi pecho.

ROMEO: ¡Ay! ¿Y me dejas así, insatisfecho?

JULIETA: ¿Qué satisfacción puedo darte esta noche?

ROMEO: Tu promesa de amor a cambio de la mía.

JULIETA: Ya te la he dado sin que me la pidieras y te la daría otra vez.

ROMEO: ¿Es que quieres retirarla? ¿Para qué, amor mío?

JULIETA: Sólo por ser dadivosa y dártela de nuevo. Mi generosidad es ilimitada y profunda, como el mar, y mi amor, igual de profundo: cuanto más te doy, más tengo, pues aquélla y éste son infinitos. Oigo ruido dentro. Adiós, amor mío. [*Llama el* AMA *desde dentro.*] Ya voy, ama... Dulce Montesco, sé fiel. Aguarda un momento, que enseguida vuelvo.

Sale JULIETA.

ROMEO: ¡Bendita sea esta noche! Temo que, por ser de noche, todo esto no sea sino un sueño, pues es demasiado halagüeño y dulce para ser real.

JULIETA *se asoma al balcón.*

JULIETA: Sólo tres palabras, querido Romeo, y muy buenas noches. Si el amor que sientes es sincero y tu propósito es el matrimonio, mándame unas letras mañana por mediación de un emisario que te enviaré y dime dónde y a qué hora quieres celebrar la boda, y yo pondré a tus pies cuanto poseo y te seguiré, mi dueño, por todo el mundo.

Ama [*desde dentro*]: ¡Señora!

Julieta: Ya voy... Pero si no tienes buenas intenciones, te lo ruego...

Ama [*desde dentro*]: ¡Señora!

Julieta: Voy, voy enseguida... Cesa en este intento y déjame con mi dolor. Mañana te mando a alguien.

Romeo: Que mi alma conozca tanta alegría.

Julieta: Mil veces buenas noches.

Julieta desaparece.

Romeo: Mil veces malditas si me falta tu luz. El amor va al amor como se apartan los escolares de los libros, pero se aparta con pesadumbre, como van los niños a la escuela.

Julieta se asoma de nuevo al balcón.

Julieta: ¡Chist! ¡Romeo! ¡Chist! ¡Ay, quién fuera halconero para llamar otra vez a ese noble halcón. Pero el cautivo tiene la voz ronca y no puede hablar alto, si no, atronaría yo ahora la cueva de Eco y obligaría a su etérea voz a enronquecer más que la mía a fuerza de repetir el nombre de Romeo.

Romeo: Es mi alma quien pronuncia mi nombre. ¡Cuán dulce y argentina es la voz de los enamorados en la noche! Como la música más tierna para el oído atento.

JULIETA: Romeo.
ROMEO: Halconcita.
JULIETA: ¿A qué hora te mando a alguien mañana?
ROMEO: A las nueve.
JULIETA: Así será. Faltan veinte años para entonces. No recuerdo para qué te he llamado otra vez.
ROMEO: Déjame estar aquí hasta que te acuerdes.
JULIETA: Lo olvidaré para te quedes ahí recordando cuánto me gusta estar contigo.
ROMEO: Y aquí estaré yo para que sigas olvidando, sin acordarme de ningún otro sitio.
JULIETA: Ya viene el día, te soltaría, pero no te dejaría ir más lejos que el pajarillo de un niño caprichoso, que, atado con cinta de seda, salta en su mano como un pobre prisionero sujeto por grilletes, pero el niño enseguida lo detiene dulcemente, celoso de su libertad.
ROMEO: ¡Quién fuera el pajarillo!
JULIETA: ¡Quién lo fuera, amor! Pero te mataría a fuerza de cariño. Buenas noches, buenas noches. La despedida es un dolor tan dulce que estaría diciéndote buenas noches hasta que llegase el día.

Sale JULIETA.

ROMEO: Descienda el sueño a tus ojos y la paz a tu pecho. ¡Quién fuera sueño y paz para descansar tan tiernamente! Los ojos grises del alba sonríen a la ceñuda noche y pintan con luminoso pincel las nubes de Oriente, mientras que la noche, tórpida como un beodo, se retira del

camino del día, el que abren las ruedas de Titán. Del mismo modo parto ahora a la celda de mi confesor, a pedirle consejo y relatarle las buenas nuevas.

Sale.

ESCENA III

[Lunes de madrugada.]

La celda de FRAY LORENZO.

Entra FRAY LORENZO *solo, con una cesta.*

FRAY LORENZO: Ahora que el sol asoma su ojo ardiente y alegra el día y seca el rocío de la noche, voy a llenar este cesto mimbreño de hierbajos y flores que nos dan valiosos jugos. La tierra es la madre de la naturaleza y también su tumba, útero y fosa a la par; así hallamos muy diversos hijos de sus entrañas mamando en su seno natural. Muchos poseen virtudes excelentes, todos poseen alguna y no hay dos iguales. ¡Ah, cuán grande y poderosa es la eficacia de las plantas, las hierbas y los minerales, cuántas sus cualidades reales, pues hasta la brizna más rastrera de las que viven en la tierra, a la tierra da una u otra cosa de valor! Mas no todo es bueno, pues, mal empleadas, pierden el beneficio y llevan al abuso. La mala aplicación torna en vicio la virtud y alguna vez tórnase el vicio, por su efecto, en noble virtud. [*Entra* ROMEO.] La cáscara natal de esta florecilla contiene veneno y virtud medicinal, pues, si se huele, reanima, mas si se prueba, suspende el corazón y todos los sentidos. Dos monarcas contrarios residen por igual así en las hierbas como en el hombre: la bondad y la mala voluntad, y, cuando domina la peor, el gusano de la muerte devora la planta sin tardanza.

ROMEO: Buenos días, padre.

FRAY LORENZO: Benditos y santos. ¿Qué lengua madrugadora me saluda con tanto agrado? Hijo mío, alguna preocupación tiene quien abandona el lecho tan temprano. Las preocupaciones impiden dormir al viejo y donde ellas viven nunca se aloja el sueño, pero en la morada de la juventud lozana y la cabeza despejada asienta su reino el dorado sueño. Por lo tanto, el verte aquí tan temprano sólo puede ser porque te asalta alguna inquietud; o, en todo caso, y seguro que ahora doy en el clavo: nuestro Romeo ha pasado la noche en vela.

ROMEO: Eso último es cierto, pues he reposado de manera más dulce.

FRAY LORENZO: El Señor te perdone los pecados. ¿Estuviste con Rosalina?

ROMEO: ¿Con Rosalina? ¡No, padre confesor! He olvidado ese nombre y la desgracia que lleva consigo.

FRAY LORENZO: Como Dios manda, mi buen hijo. Pero ¿dónde has estado?

ROMEO: No me lo preguntaréis dos veces. He estado en una fiesta con mi enemigo, y allí, en un instante herí y fui herido. El remedio para ambos está en vuestras manos y en vuestro santo ministerio. Como veis, no guardo ningún rencor, santo padre, pues también pido cura para mi enemigo.

FRAY LORENZO: Habla claro, hijo mío, y con palabras comunes, pues quien se confiesa con equívocos no recibe sino absolución equívoca.

ROMEO: Sabed, pues, con claridad, que el amor de mi corazón es la bella hija del rico Capuleto. Ella se ha enamorado de mí tanto como yo de ella y, para que la combinación sea perfecta, sólo falta el ingrediente que debéis poner vos: el santo matrimonio. Por el camino os contaré cuándo, dónde y cómo nos conocimos y nos enamoramos y nos prometimos, pero lo que os ruego ahora es que consintáis en casarnos hoy.

FRAY LORENZO: ¡San Francisco bendito! ¡Cuánto ha cambiado la situación! ¿Tan rápido has olvidado a Rosalina, de quien tan enamorado estabas? Así pues, el amor de los jóvenes no nace en el corazón, sino en los ojos. ¡Jesús, María y José! ¡Con los torrentes de lágrimas que arrasaron tus pálidas mejillas por Rosalina! ¡Cuánta salmuera se derrocha para adobar el amor que ni siquiera se prueba! Todavía no ha borrado el sol del cielo los suspiros que exhalabas; todavía resuenan en mis oídos tus antiguas quejas y, mira aquí, todavía llevas en el rostro la mancha de una lágrima sin enjugar. Si entonces eras quien eras y eran tuyas esas cuitas, ellas y tú erais de Rosalina. ¿Ahora has mudado? Pues repite conmigo esta sentencia: es fácil que caiga la mujer cuando flaquea el hombre.

ROMEO: Mucho me reprendisteis por amar a Rosalina.

FRAY LORENZO: Por idolatrar, no por amar, discípulo mío.
ROMEO: Y me animabais a enterrar mi amor.
FRAY LORENZO: Pero no a enterrar uno para desenterrar otro.
ROMEO: No me reprendáis más, os lo suplico. A ella la amo. Paga favor con favor y amor con amor. La otra, nada de nada.
FRAY LORENZO: ¡Ah! Bien sabía ella que recitabas amor de memoria, sin entender lo que decías. Mas, ven, pequeño veleidoso, ven conmigo, que por un motivo al menos voy a ayudarte, pues bien pudiera resultar que vuestra alianza tornase en puro amor el odio que enfrenta a vuestras familias.
ROMEO: Vayamos sin demora, no puedo esperar más.
FRAY LORENZO: Despacito y buena letra, que tropiezo trae el apremio.

Salen.

ESCENA IV

[Mañana del lunes.]

Una calle.

Entran BENVOLIO y MERCUCHO.

MERCUCHO: ¿Dónde demonios se habrá metido Romeo? ¿No ha pasado la noche en casa?
BENVOLIO: En la de su padre, no; me lo dijo un criado.

MERCUCHO: ¡Vaya! Tanto lo atormenta esa moza blancucha de corazón de piedra, esa Rosalina, que lo volverá loco.

BENVOLIO: Teobaldo, el primo del viejo Capuleto, ha enviado una misiva a casa de Montesco.

MERCUCHO: ¡Qué osadía, pardiez!

BENVOLIO: Romeo responderá.

MERCUCHO: Cualquiera que sepa escribir puede responder a una misiva.

BENVOLIO: No, responderá a quien la mandó con la misma osadía que el osado que la escribió.

MERCUCHO: ¡Ay, pobre Romeo! Ya está muerto, acuchillado por la negra mirada de la moza blanca, con el oído atravesado de parte a parte por una canción de amor y hendido el centro mismo del corazón por la certera flecha del arquerillo ciego. ¿Te parece digno rival de Teobaldo?

BENVOLIO: ¿Por qué no? ¿Qué es Teobaldo?

MERCUCHO: Más que el príncipe de los gatos.[3] Es el valiente capitán de maestros de armas: lucha sin perder el compás, guardando el tiempo, y con distancia y ritmo justos. Silencios, los mínimos, uno, dos y, al tercero, directo al vientre del rival. Es capaz de abrir en canal un botón de seda; es un duelista consumado, un caballero de la escuela más prominente, de la primera causa y de la segunda.[4] ¡Ah, qué inmortal passata, qué punto reverso, qué hay![5]

3 Se refiere a Tybert, el príncipe de los gatos, un personaje de fábula.
4 Se refiere a las causas que podían justificar un duelo según los manuales de la época.
5 Términos italianos de esgrima.

BENVOLIO: ¿Qué hay?

MERCUCHO: La peste se lleve a esos fantasmones afectados que inventan maneras de hablar. «¡Por Jesús, qué excelente acero, qué excelente percha, qué excelente puta!» Digo yo, abuelo, si no es lamentable que haya que aguantar semejantes moscas cojoneras, semejantes forjadores de modas, semejantes refinadores, tan apegados a lo nuevo que no encuentran acomodo en asiento viejo. ¡Tanto bon por aquí y bon por allí!

Entra ROMEO.

BENVOLIO: ¡Ahí llega Romeo! ¡Hola, Romeo!

MERCUCHO: Sin su salsa, más seco que un arenque. ¡Oh, carne, que te vuelves pescado! En sazón está para los bellos versos de Petrarca. Comparada con su amada, Laura era una picaruela de las cocinas —claro, que ¡tenía quien la cantara mejor!—; Dido, una anticuada; Cleopatra, una gitana; Helena y Hero, un par de pelanduscas pavisosas; Tisbe, una cualquiera con mucho ojo. *Bon jour, signor* Romeo. Te saludo a la francesa por las calzas que llevas y por la despedida de anoche.

ROMEO: Buenos días a los dos. ¿Qué dices de la francesa?

MERCUCHO: Que nos diste plantón. ¿Caes en la cuenta?

ROMEO: Perdona, buen amigo; el asunto era de gran importancia y en tales casos, bien puede uno pasar la cortesía por alto.

MERCUCHO: Eso es lo mismo que decir que en tales casos, bien puede uno dar el salto.

ROMEO: Me refiero a la cortesía.
MERCUCHO: Muy cortésmente has dado en el clavo.
ROMEO: Una forma cortés de decirlo.
MERCUCHO: Es que soy el súmmum de la cortesía.
ROMEO: La flor, vamos.
MERCUCHO: Exacto.
ROMEO: En tal caso, me nacen flores hasta en los zapatos.
MERCUCHO: ¡Qué ingenioso! Sigue con la broma hasta que se gasten los zapatos y cuando no quede suela, quedará el ingenio pelado, simplemente.
ROMEO: ¡Ah, ingenio desuelado, pelado y simple!
MERCUCHO: Tercia, Benvolio, que me falla la agudeza.
ROMEO: ¡Agúzala, espabila! ¡O te gano la partida!
MERCUCHO: A partidas de gansadas, contigo no tengo nada que hacer, porque a ganso me das cien vueltas en cualquier sentido. ¿Acaso no estamos ahora empatados en gansadas?
ROMEO: A ganso, ganso y medio.
MERCUCHO: Te has ganado un mordisco.
ROMEO: Perro ladrador, poco mordedor.
MERCUCHO: En cambio, tu ingenio muerdes y pica.
ROMEO: ¿No es bueno el picante para un ganso tierno?
MERCUCHO: ¡Qué ingenio mayúsculo que todo lo abarca!
ROMEO: Abarco la palabra «mayúsculo» y al ganso también, y ahí lo tienes: eres un ganso mayúsculo.
MERCUCHO: ¡Estupendo! Esto es mucho más divertido que las quejas de enamorado. Ahora estás sociable, ahora eres Romeo; ahora eres tú, tanto por lo que sabes como por lo que tienes de natural. Porque estabas atontado con ese

amor bobalicón, corriendo de un lado a otro con la lengua fuera como un bufón, sin saber dónde enterrar tu juguetito.

BENVOLIO: No sigas, no sigas.

MERCUCHO: ¿Quieres que corte la cola al cuento?

BENVOLIO: Sí, porque la alargarías mucho.

MERCUCHO: Te equivocas, la acortaría, que ya había penetrado hasta el fondo del embrollo y no pretendía ocuparme más en el argumento.

ROMEO: ¡Esto se anima! [*Entran el* AMA *y su criado,* PEDRO.] ¡Barco a la vista![6]

MERCUCHO: ¡Dos, son dos! Camisa y blusón.

AMA: ¡Pedro!

PEDRO: Aquí estoy.

AMA: Dame el abanico.

MERCUCHO: Dáselo, Pedro, y que se tape la cara, que la tiene muy fea.

AMA: Buenos días nos dé Dios, caballeros.

MERCUCHO: Buenas tardes nos dé, bella señora.

AMA: ¿Ya es por la tarde?

MERCUCHO: Ni más ni menos, que la descarada manecilla del reloj está repasando las partes de las doce.

AMA: ¡Quítate de en medio! ¿Qué clase de hombre eres?

ROMEO: Señora, es uno que hizo Dios y se echó a perder.

AMA: ¡Justo, por mi lengua! «Se echó a perder», ¡no te digo! Caballeros, ¿alguno de vosotros me diría dónde hallar al joven Romeo?

6 Se refiere al Ama, que lleva blusón blanco y se mueve como un barco.

ROMEO: Sí, yo, pero el joven Romeo será menos joven cuando lo halles que mientras lo buscas. Yo soy el más joven con ese nombre, a falta de algo peor.

AMA: Bien dices.

MERCUCHO: Sí, ¿está bien lo peor? ¡Muy bien pensado, ya lo creo! ¡Cuánta sabiduría!

AMA: Señor, si eres tú el que busco, deseo una confidencia con vos.

BENVOLIO: Seguro que lo «envidia» a cenar.

MERCUCHO: ¡Alcahueta! ¡Alcahueta! ¡Pieza va!

ROMEO: ¿Has visto un conejo?

MERCUCHO: No, conejo, no, a menos que sea liebre de cuaresma, que es rancia y apestosa.

Canta pasando a su lado.

Al rico conejo viejo,
que el conejo viejo es
buena carne de Cuaresma,
porque si es conejo viejo
no lo acaban ni entre veinte
¡y se pudre sin que nadie le hinque el diente!

Romeo, ¿vienes a casa de tu padre? Vamos a comer allí.

ROMEO: Ahora voy.

MERCUCHO: Adiós, anciana señora, adiós, señora, señora, señora.

Salen MERCUCHO y BENVOLIO.

AMA: Decidme, señor, ¿qué deslenguado insolente es ése, que tanto alardea de truhán?

ROMEO: Un caballero, ama, que disfruta escuchándose y habla más que entiende.

AMA: Que no se le ocurra meterse conmigo, porque me oye; a insolente no hay quien me gane, ni aunque fueran veinte truhanes como él. Y si no, tengo quien me ayude. ¡Menudo sinvergüenza! ¡A mí que no me trate como a una pelandusca de ésas con las que se junta! ¡Como a una cualquiera de ésas de navaja en liga! [*Dirigiéndose a* PEDRO.] ¿Y tú qué haces ahí, plantado como un pasmarote, mientras se mete conmigo hasta el último canalla?

PEDRO: No he visto que se metiera contigo ningún canalla; de lo contrario, habría sacado el arma sin tardanza. Te aseguro que la saco tan rápido como cualquiera, si se presenta la ocasión de una buena pelea y tengo la ley de mi parte.

AMA: Todavía me tiemblan las carnes de lo mucho que me ha ofendido. ¡Lo juro por Dios! ¡Menudo sinvergüenza! Oídme un momento, señor, os lo ruego... Como decía, mi joven señora me ha dicho que os pregunte. Me guardo de momento lo que me encargó que os dijera, pero oíd antes lo que tengo que deciros yo: si tenéis intención de llevarla al huerto, como se suele decir, sería la mayor vergüenza, como se suele decir, pues mi señora es muy joven todavía. Por lo tanto, si pensáis jugar sucio con ella, sabed que es lo peor que se puede ofrecer a una dama y sería de mal pagador.

ROMEO: Ama, encomiéndame a mi dueña y señora. Ante vos declaro...

AMA: ¡Cuán bondadoso! A fe mía que se lo diré tal cual. ¡Señor, Señor! ¡Qué contenta se va a poner!

ROMEO: ¿Qué le dirás, ama, si todavía no me has oído?

AMA: Señor, le diré que declaráis, lo cual es muy caballeroso, según tengo entendido.

ROMEO: Decidle que encuentre la manera de ir a confesar esta tarde, que en la celda de fray Lorenzo confesará y casará. Toma esto para ti, por las molestias.

AMA: No, señor, por lo más sagrado, ni una moneda.

ROMEO: Vamos, tómalo, te digo.

AMA: ¿Esta tarde, señor? Allí estaremos.

ROMEO: Tú, buena Ama, quédate al pie de las tapias del convento. Dentro de una hora se reunirá contigo uno de los míos y te dará una escala hecha con tres cuerdas, por la que alcanzaré la cima de la felicidad al amparo de la noche. Adiós, sé nuestra confidente y te lo compensaré. Adiós. Encomiéndame a mi dueña.

AMA: Que el Señor que está en los cielos os bendiga. Otra cosa, señor.

ROMEO: ¿Qué quieres decirme, mi buena ama?

AMA: ¿Sabe vuestro criado tener la lengua quieta? Sin duda, conoceréis el dicho: secreto entre dos malo es de guardar.

ROMEO: Es más fiel que el acero, os lo aseguro.

AMA: Sabed que mi señora es la más dulce doncella. ¡Señor, Señor! Cuando era una mocosuela... ¡Ah, por cierto! Un noble caballero de la ciudad, un tal Paris, saltaría de buen grado al abordaje, pero mi tierna niña antes se quedaría con un sapo que con él. A veces, para chincharla, le digo que Paris es el mejor partido que hay, pero ¡si vierais! Cuando se lo digo, se pone más blanca que una sábana. Romeo empieza con la misma letra que romero, ¿verdad?

ROMEO: Sí, ama, las dos empiezan por erre. ¿Y eso a qué cuento viene?

AMA: ¡Bromista! Con la erre gruñe el perro; lo que empieza por erre es el... No, no, estoy segura de que eso empieza por otra letra. La niña ha hecho unos juegos de palabras muy bonitos con Romeo y romero, seguro que os gustarían mucho.

ROMEO: Encomiéndame a tu señora.

Sale ROMEO.

AMA: Sí, mil veces. ¡Pedro!

PEDRO: Aquí estoy.

AMA: Anda tú primero ¡y a buen paso!

Salen.

ESCENA V

[Lunes a mediodía.]

El jardín de Capuleto.

Entra JULIETA.

JULIETA: El ama prometió volver al cabo de media hora, pero eran las nueve cuando la mandé al recado. ¿Acaso no lo habrá encontrado? No, no, eso no puede ser. ¡Ay, que es coja! Los emisarios del amor deberían ser los pensamientos, pues son diez veces más veloces que los rayos del sol cuando barren las sombras de los montes. Por eso el amor viaja en las ágiles alas de las palomas y por eso tiene alas Cupido, que es veloz como el viento. El sol ya ha llegado hoy al punto más alto de su viaje; desde las nueve hasta las doce son tres largas horas, pero el ama no ha vuelto. Si fuera ella la enamorada y tuviera la sangre joven y caliente, se movería a la velocidad de una pelota. Llevaría rebotando mis palabras a mi dulce amor, y me traería las suyas, pero es que los viejos se hacen los muertos: son torpes, lentos, blancuchos y pesados como el plomo. [*Entran el AMA y PEDRO.*] ¡Ay, Dios! ¡Aquí llega! ¡Ama, ama querida!, ¿qué noticias traes? ¿Has hablado con él? Despide a tu criado.

AMA: Pedro, quédate en la cancela.

Sale PEDRO.

JULIETA: Queridísima ama mía... ¡Ay, Dios! ¿Por qué estás tan triste? Aunque traigas malas nuevas, dímelas con alegría; si son buenas, ¡qué bien disimulas su dulce sonido y te burlas de mí poniendo mala cara!

AMA: Vengo baldada, deja que cobre aliento. ¡Demonios, qué dolor de huesos traigo! ¡Estoy molida!

JULIETA: Así tuvieras tú mis huesos y yo tus noticias. Por favor, habla, te lo ruego; habla, queridísima ama.

AMA: ¡Qué prisa, Señor! ¿No puedes esperar un poco? ¿No ves que estoy sin aliento?

JULIETA: ¿Cómo es que estás sin aliento, si lo has tenido para decirme que estabas sin él? Gastas más en darme excusas que el que te llevaría darme el recado de una vez. Dime solamente si traes buenas o malas noticias. Responde sólo a eso y aguardaré por el resto. Dame sosiego, anda, ¿son buenas o malas?

AMA: Bien, pues no has acertado al elegir. No sabes escoger a un hombre. ¿Romeo? No, él no. Puede que sea más guapo de cara que cualquier otro y, eso sí, de pierna, a todos supera; en cuanto a la mano, al pie y al talle, aunque sea pronto para hablar de eso, son incomparables. No es la flor de la cortesía, pero te aseguro que es dócil como una ovejita. Haz lo que te plazca, niña mía, y sea lo que Dios quiera. ¿Ya se ha comido en esta casa?

JULIETA: No, no. Pero eso ya lo sabía yo antes. ¿Qué dice de desposarnos? ¿Qué ha respondido?

AMA: ¡Dios, cuánto me duele la cabeza! ¡La tengo como un bombo! ¡Qué martilleo! ¡Parece que se me vaya a partir en mil pedazos! Y, por si fuera poco, la espalda... ¡Ay, qué dolor de espalda! ¡Qué dolor! ¡Y todo por culpa de tus amores, que me matan con tanto llevarme a trotar de aquí para allá.

JULIETA: Lamento de veras que te encuentres tan mal, mi querida, queridísima ama de mi corazón, pero, dime, ¿qué dice mi amor?

AMA: Tu amor habla honestamente como un caballero, y es gentil, amable y apuesto... y virtuoso, seguro. ¿Dónde está tu madre?

JULIETA: ¿Cómo que dónde está mi madre? ¡En casa! ¿Dónde va a estar? Me das respuestas extrañas: «Tu amor habla honestamente como un caballero. ¿Dónde está tu madre?»

AMA: ¡Por el amor de Dios, mi señora! ¿Tan ardiente anhelo sientes? ¡Anda, déjame en paz! ¿Este remedio me das para el dolor de huesos? En adelante, lleva tus recados tú solita.

JULIETA: No te sulfures tanto. Dime, ¿qué dice Romeo?

AMA: ¿Tienes permiso para ir a confesar hoy?

JULIETA: Sí.

AMA: Entonces, vete a la celda de fray Lorenzo. Allí encontrarás marido que te hará mujer. ¡Ya se te allega la sangre desenfrenada a las mejillas! Te pones como la grana por cualquier noticia. Ve a la iglesia, que yo voy a recoger una escala por la que tu amor suba al nidito no bien caiga la noche. ¡Anda! Es menester que vaya yo a comer un poco. ¡Anda a la celda!

JULIETA: ¡A la mayor dicha voy! Queda con Dios, buena ama.

Sale.

ESCENA VI

[Lunes por la tarde.]

La celda de FRAY LORENZO.

Entran FRAY LORENZO *y* ROMEO.

FRAY LORENZO: El cielo bendiga este santo sacramento por tal que no hayamos de lamentarlo más tarde.

ROMEO: Amén, amén, pero, por mucho que lo lamentáramos, no sería comparable con la felicidad que nos depara tan breve minuto en presencia de Julieta. Vos unidnos las manos con palabras santas, y venga después la muerte devoradora de amores a cumplir su sino. A mí me basta con llamarla mía.

FRAY LORENZO: Pasiones violentas violentamente concluyen, pues en el cumplimiento hallan la muerte, como el fuego y la pólvora, que besándose se consumen. La miel más dulce tórnase empalago por su misma dulzura y confunde sabor con apetito. Por lo tanto, sé moderado en el amar, que es modo de prolongar la dicha. Tan inoportuno es el amor repentino como el tardo en llegar. [*Entra Julieta, un tanto apurada, y abraza a Romeo.*] Aquí está la dama. ¡Ay, pie tan leve nunca gastará el perdurable sílex! Vuela el enamorado a lomos de las gasas ociosas que en verano surcan el aire retozón, mas nunca cae, ¡tan insustanciales son los placeres de este mundo!

JULIETA: Buenas tardes os dé Dios, padre confesor.

FRAY LORENZO: Romeo te lo pagará en mi nombre, hija mía.

JULIETA: Y yo a Romeo se lo devuelvo, o pagaría él de más por pagar dos veces.

ROMEO: ¡Ah, Julieta! Si la dicha te eleva tanto como a mí y me aventajas en describirla, endulza con tu aliento el aire que me envuelve, expresa con la melodiosa música de la lengua la felicidad que hemos soñado el uno por el otro en este ansiado encuentro.

JULIETA: El sentimiento que no cabe en las palabras se recrea en su contenido, no en su forma. Sólo el pobre puede contar sus tesoros, mas el amor verdadero ha crecido tanto en mí que no puedo contar ni la mitad de lo que poseo.

FRAY LORENZO: Venid conmigo, venid y abreviemos el asunto, pues con vuestro permiso, no os quedaréis a solas hasta que la Santa Iglesia os haya unido en un mismo ser.

Salen.

ACTO III

ESCENA I

Una calle de Verona.

Entran MERCUCHO, BENVOLIO, un paje y otros.

BENVOLIO: Te ruego, Mercucho, amigo mío, que nos retiremos; hace mucho calor, andan sueltos los Capuleto y, si topamos con alguno, a buen seguro habrá pelea, pues días tan calurosos ponen a hervir la sangre en el cuerpo.

MERCUCHO: Eres como uno que, al entrar en la taberna, planta la espada encima de la mesa diciendo: «¡Dios no quiera que haya de echar mano de ti!», mas al dar cuenta del segundo vaso, amenaza con ella al mozo sin mediar provocación.

BENVOLIO: ¿Así soy?

MERCUCHO: ¡Anda, anda! ¿Acaso no tienes la sangre tan caliente como el que más en toda Italia y no te dejas provocar a la pelea lo mismo que la provocas tú?

BENVOLIO: ¿Y qué más?

MERCUCHO: Nada, que si hubiere otro como tú, al punto nos quedaríamos sin ninguno, pues os mataríais el uno al otro. ¿Tú? ¡Peleas con cualquiera sólo porque tenga en la barba un pelo más o menos que tú! O con uno que coma castañas, sólo porque tienes los ojos castaños, ¿qué ojo, si no el tuyo, vería en eso motivo de discordia? Tienes en la mollera más motivos de discordia que sustancia hay en un huevo, aunque a fuerza de peleas te la han cascado tanto que ya es un huevo huero. Una vez te las viste con uno porque tosió en la calle y despertó a tu perro, que estaba durmiendo al sol. ¿Y no tuviste una agarrada con un sastre porque estrenó jubón antes de Ramos? ¿Y otra porque se ató unos zapatos nuevos con cordones viejos? ¡Y me sales a mí con que no busque pelea!

BENVOLIO: Si fuera yo tan presto a las disputas como tú, cualquiera se llevaría mi vida en menos que canta un gallo, simplemente.

MERCUCHO: ¡Simplemente! ¡Ay, simplón!

Entran TEOBALDO y otros.

BENVOLIO: ¡Pardiez! ¡Ahí vienen los Capuleto!

MERCUCHO: ¡Pues que vengan, pardoce!

TEOBALDO: No os separéis de mí, que voy a hablar con ésos. Buenas tardes, caballeros; deseo decir una palabra a uno de vosotros.

MERCUCHO: ¿Sólo una a uno de nosotros? Acompañadla con algo, que sean una palabra y un palo.

TEOBALDO: Más que dispuesto me halláis, señor, si me dais ocasión.

MERCUCHO: ¿Acaso no sabéis hallarla vos, si no os la dan?

TEOBALDO: Mercucho, estás en concierto con Romeo.

MERCUCHO: ¿En concierto? ¿Nos tomáis por musicastros? Si es así, no oiréis sino estridencia. Mirad el arco de mi violín, porque bailaréis a su son. ¡Voto a... concierto!

BENVOLIO: Estamos discutiendo en la vía pública, en medio de todo el mundo. Id a un lugar retirado, tratad vuestras diferencias con mesura o separaos. Aquí nos ven muchos ojos.

MERCUCHO: Los ojos son para ver, pues que miren y vean. No seré yo quien dé un paso para complacer a un hombre, he dicho.

Entra ROMEO.

TEOBALDO: Quedad en paz, señor, ése es mi mozo, el que buscaba.

MERCUCHO: Que me aspen si lleva vuestra librea. Sólo os seguiría cual mozo vuestro para enfrentarse a vos; entonces podríais decir que es el vuestro.

TEOBALDO: Romeo, para expresar el afecto que te guardo no tengo mejor palabra que villano.

ROMEO: Teobaldo, es tan grande la razón que tengo para apreciarte que tu saludo no me ofende, pues no soy villano. Adiós, te digo. Veo que no me conoces.

TEOBALDO: Chico, eso no te libra de la ofensa que me has hecho, conque vuélvete y desenvaina.

ROMEO: Declaro que jamás te he ofendido, sino al contrario, te guardo mayor aprecio del que imaginas, aunque ignoras el motivo. Buen Capuleto, cuyo nombre me vale tanto como el mío propio, date así por satisfecho.

MERCUCHO: ¡Ah, qué sumisión serena y deshonrosa! ¡Alla stoccata gana la partida! [*Desenvaina.*] Teobaldo, cazarratas,[7] ¿bailamos?

TEOBALDO: ¿Qué quieres tú de mí?

MERCUCHO: Sólo una de tus siete vidas, buen rey de los gatos, para hacer de ella lo que me plazca, y luego, según el trato que me des, molerte a palos las seis restantes. ¿Vas a sacar la espada de su vaina por las orejas? Apúrate, o con la mía te rebano antes las tuyas.

TEOBALDO: Voy por ti.

Desenvaina.

ROMEO: Gentil Mercucho, guarda el acero.

MERCUCHO: ¡Veamos, señor, vuestra passata!

Luchan.

ROMEO: Benvolio, saca la espada y quítales las armas. ¡Caballeros, os lo ruego, evitad este escándalo! ¡Teobaldo, Mercucho! ¡El príncipe ha prohibido tajantemente estos enfrentamientos en las calles de Verona. ¡Alto, Teobaldo! ¡Mercucho, amigo!

7 Mercucho, tras insultar a Teobaldo llamándolo alla stoccata, insiste aludiendo de nuevo al rey de los gatos.

TEOBALDO hiere a MERCUCHO por debajo del brazo de ROMEO.

SEGUIDOR: ¡Salgamos de aquí, Teobaldo!

Sale TEOBALDO con los suyos.

MERCUCHO: Herido estoy. ¡Mal rayo parta a las dos familias! Me muero. ¿Se ha ido el otro sin llevarse nada?
BENVOLIO: ¿Cómo? ¿Estás herido?
MERCUCHO: Sí, sí, un rasguño, un rasguño. Vive Dios que es bastante. ¿Dónde está mi paje? ¡Anda, granuja, ve a buscar al cirujano!

Sale el paje.

ROMEO: ¡Valor, amigo! No será grande la herida.
MERCUCHO: No es tan honda como un pozo ni tan ancha como la puerta de una iglesia, pero es bastante para acabar conmigo. Si vas a verme mañana me hallarás tieso. Me han despachado, tan cierto como hay mundo. Así se lleve la peste a las dos familias. ¡Maldición! ¡Que un perro, una rata, un ratón, un gato me mate de un arañazo...! ¡Un fanfarrón, un canalla, un villano que se bate según la ley de la aritmética...! ¿A qué diantre te metiste entre los dos? ¡Me ha herido por debajo de tu brazo!
ROMEO: Lo hice con la mejor intención.
MERCUCHO: Llévame bajo techado, Benvolio, o caigo aquí sin sentido. ¡Mala peste se lleve a las dos familias! ¡Carne

para los gusanos han hecho de mí! ¡Me ha tocado... sin remedio! ¡Las dos familias!

Salen MERCUCHO *y* BENVOLIO.

ROMEO: Ese hidalgo, pariente cercano del príncipe, mi gran amigo, ha cobrado una herida mortal por cuenta mía, y Teobaldo ha mancillado mi honor. ¡Teobaldo, no hace sino una hora que somos primos! ¡Ay, dulce Julieta! Tus encantos me afeminan y ablandan el temple de mi acero valeroso.

Entra BENVOLIO.

BENVOLIO: ¡Romeo, Romeo! El bravo Mercucho ha muerto. Su espíritu gallardo, que tan joven se burlaba de esta Tierra, ha ascendido a las nubes.

ROMEO: El negro sino de este día no ha de terminar aquí: esto es sólo el comienzo de otras muchas desgracias.

Entra TEOBALDO.

BENVOLIO: Aquí vuelve Teobaldo, enfurecido.

ROMEO: Vivo y triunfador, y Mercucho ha muerto. ¡Se acabaron las consideraciones! ¡Guíame, furia de ojos ardientes! ¡Teobaldo, te devuelvo el villano que me dedicaste hace un momento, pues el alma de Mercucho todavía ronda por aquí esperando para irse en compañía de la tuya! O tú o yo, uno de los dos ha de ir con él.

TEOBALDO: Tú, mocoso miserable, que estabas aquí con él, serás quien lo acompañe.
ROMEO: Eso lo sabremos ahora mismo.

Luchan. Cae TEOBALDO.

BENVOLIO: Romeo, márchate, huye. ¡Llega gente y has matado a Teobaldo! No te quedes ahí. Si te prenden, el príncipe te condenará a muerte. ¡Vamos, márchate, huye!
ROMEO: ¡Ay, soy juguete del destino!
BENVOLIO: ¿Qué haces ahí pasmado?

Sale *ROMEO.*

Entran varios ciudadanos.

CIUDADANO: ¿Por dónde ha huido el asesino de Mercucho? Ese Teobaldo, el asesino, ¿por dónde ha huido?
BENVOLIO: Aquí mismo yace el que buscáis.
CIUDADANO: Vamos, señor, acompañadme. Obedeced en el nombre del príncipe.

Entran el PRÍNCIPE, MONTESCO, CAPULETO, sus SEÑORAS y todos.

PRÍNCIPE: ¿Dónde están los rufianes que iniciaron la reyerta?
BENVOLIO: ¡Noble príncipe, puedo contaros los infaustos sucesos que han llevado a esta contienda fatal! Ahí yace,

abatido por el joven Romeo, el asesino de su primo, el valiente Mercucho.

SEÑORA DE CAPULETO: ¡Teobaldo, mi sobrino! ¡Ay, es el hijo de mi hermano! ¡Ay, príncipe! ¡Ay, esposo mío! ¡Ay, se ha vertido sangre de mi sangre! Príncipe, cumplid vuestra palabra derramando sangre de los Montesco por la nuestra. ¡Ay, mi sobrino bien amado!

PRÍNCIPE: Benvolio, ¿quién inició la reyerta?

BENVOLIO: Teobaldo fue; aquí yaciente lo tenéis, muerto por la mano de Romeo. Habló éste con palabras justas instándolo a pensar en lo inútil de la pelea y recordole vuestra prohibición. No pudieron las buenas palabras, la serenidad, las rodillas humildemente dobladas, ganar tregua a la cólera revuelta de Teobaldo, el cual, sordo al requerimiento, empuñó el afilado acero contra el pecho del osado Mercucho; éste, irritado, respondió a su vez con el arma y gallardamente apartó a la fría muerte con una mano al tiempo que atacaba con la otra a Teobaldo, el cual esquivó diestramente la estocada. Entre tanto, Romeo decía a voces: «¡Alto, amigos! ¡Amigos, separaos!», y, más veloz con el brazo que con la lengua, interpuso ágilmente la espada entre las espadas mortíferas y metiose entre los contendientes; mas, por debajo de su brazo, hurtó Teobaldo una estocada envidiosa que arrebató la vida al fuerte Mercucho; luego huyó Teobaldo y al cabo volvió contra Romeo, mas éste había ahora de vengarse y como el rayo se lanzaron el uno contra el otro, mas sin tiempo yo de terciar y separarlos, cayó Teobaldo y así emprendió Romeo la huida. Sucedió como os lo he contado, o caiga Benvolio muerto aquí mismo.

SEÑORA DE CAPULETO: ¡Es Montesco! El afecto lo obliga a mentir. No dice verdad. Veinte hombres han tomado parte en la aciaga refriega, pues sólo entre veinte podrían quitar la vida al que ha caído. Suplico justicia, y vos, príncipe, debéis imponerla. Romeo ha asesinado a Teobaldo, muera Romeo.

PRÍNCIPE: Romeo ha matado al asesino de Mercucho. ¿Quién ha de pagar ahora por su preciosa sangre?

MONTESCO: Romeo no, príncipe, pues era amigo de Mercucho; con su delito tan sólo ha cobrado el precio que dicta la ley: la vida de Teobaldo.

PRÍNCIPE: Por ello lo condenamos al destierro aquí y ahora. Me hiere el efecto que obra vuestro odio, pues, en vuestros inclementes lances habéis derramado sangre de mi sangre, mas será tan severa la pena que paguéis por ello que todos os arrepentiréis del mal que me habéis causado. Lo pagaréis caro: no oiré súplicas ni excusas; de nada os servirán las lágrimas ni las oraciones, por lo tanto, no las malgastéis. Váyase al punto Romeo de la ciudad o muera a manos del primero que lo vea. Retirad el cadáver y cumplid mi voluntad. La clemencia es asesina si perdona a un asesino.

Salen.

ESCENA II

[Lunes al anochecer.]

Estancia en casa de CAPULETO.

Entra *JULIETA* sola.

JULIETA: Aprisa, galopad, corceles de cascos ardientes, hacia la morada de Febo. El látigo de Faetonte os fustigaría hasta Poniente y al punto caerían las sombras nocturnas. ¡Oh, noche, propicia al amor! ¡Tiende los tupidos cortinajes; que se apague la chismosa luz postrera y venga a estos brazos Romeo, sigiloso y furtivo! Para los ritos de amor, no precisan los enamorados más luz que su propia belleza; mas, si es ciego el amor, concuerda mejor con la noche. Llega, noche amiga, con tu sobrio traje de matrona, negro de los pies a la cabeza, y enséñame a perder lo que he de ganar en un juego entre dos virginidades puras. ¡Oculta bajo tu manto negro la sangre que galopa desbocada por mis mejillas, hasta que este amor intimidado cobre valor y vea sencilla modestia en el amor verdadero. ¡Llega, noche! ¡Llega, Romeo, llega, día en plena noche, pues eres, en alas de la noche, más blanco que la nieve en alas de un cuervo. Llega, noche tierna, llega, noche amorosa de negro ceño, tráeme a mi Romeo; y cuando muera yo, tómalo a él y córtalo en estrellitas, pues darán al firmamento tan hermosa faz que el mundo entero se rendirá de amor a la noche y no adorará al deslumbrante sol. ¡Ay! ¡He comprado la morada del amor, mas no la he poseído y, aunque me he entregado, no lo he gozado! Se me hace tan largo este día como víspera de fiesta a una niña impaciente por estrenar un vestido. ¡Ah, llega mi ama! [*Entra el* AMA *retorciéndose las manos. Trae unas cuerdas.*] Viene con noticias. Cualquier lengua, con sólo decir el nombre de Romeo, cobra elocuencia celestial. ¡Hola, ama! ¿Qué nuevas traes? ¿Qué llevas ahí? ¿Las cuerdas que manda Romeo?

AMA: Sí, las cuerdas.

JULIETA: Por compasión, ¿qué nuevas tienes? ¿Por qué te retuerces las manos?

AMA: ¡Día funesto! ¡Se nos ha muerto, se nos ha muerto, se nos ha muerto! Estamos perdidas, señora, perdidas. ¡Ay, qué día! Se nos ha ido, lo han matado, muerto está.

JULIETA: ¿Cómo puede el cielo ser tan envidioso?

AMA: Romeo lo es, que el cielo no. ¡Ay, Romeo, Romeo! ¿Quién iba a decirlo? ¡Romeo!

JULIETA: ¿Qué demonio eres que así me atormentas? Esa tortura sólo puede ser cierta en el mismísimo infierno. ¿Acaso se ha quitado Romeo la vida? Di «sí» y esa sola palabra envenenará más que la mirada mortal del basilisco. Di esa palabra y dejo de ser, o si se han cerrado los ojos que te obligan a decirla. Si lo han matado, di «sí», de lo contrario, di «no». Breves sonidos que dictarán mi dicha o mi desdicha.

AMA: Vi la herida con estos mis ojos, que Dios me perdone,

en su caballeroso pecho. Qué lástima de cadáver, todo ensangrentado, pálido, ceniciento, desangrado, cubierto de sangre coagulada. En viéndolo perdí el sentido.

JULIETA: ¡Ah, estalla, corazón mío! ¡Pobre infeliz, estalla al punto! ¡Al calabozo, ojos, no veréis más la libertad! Mísero cuerpo de polvo, vuelve al polvo, detén todo movimiento y yace con Romeo en el mismo ataúd.

AMA: ¡Ay, Teobaldo, Teobaldo! ¡El mejor amigo que he tenido! ¡Ay, gentil Teobaldo, honrado caballero! ¡Tener que vivir para verte morir!

JULIETA: ¿Qué vendaval es éste que tan en contra sopla? ¿Han asesinado a Romeo y Teobaldo ha muerto? ¿Mi primo más querido, mi señor más estimado? ¡Que la trompeta del último día anuncie el juicio final! Pues, ¿quién ha de vivir, si han perecido esos dos?

AMA: Teobaldo ha perecido; Romeo desterrado está. Romeo lo mató y por eso lo han desterrado.

JULIETA: ¡Ay, Dios! ¿Romeo ha derramado la sangre de Teobaldo con sus propias manos?

AMA: Sí, sí, en mala hora, sí.

JULIETA: ¡Ay, corazón de sierpe oculto en un rostro tan perfecto! ¿Qué dragón tuvo jamás guarida más hermosa? ¡Ah, rufián gallardo, demonio angelical, cuervo con plumas de paloma, cordero alobado! ¡Contenido despreciable en la forma más divina! ¡El contrario exacto de la divinidad que pareces! ¡Santo condenado, villano honorable! ¡Ay, naturaleza! ¿Cómo pudiste encerrar el espíritu de un demonio infernal en un paraíso tan adorable de carne humana? ¿Qué libro de contenido más vil fue jamás tan bellamente encuadernado? ¿Cómo puede ser tan maravillosa la morada del disimulo?

AMA: Los hombres no conocen la honradez, no se puede confiar ni creer en ellos. Son perjuros, renegados, perversos, falsos. ¡Ah! ¿Dónde está mi criado? Dame aquí el aguardiente. Canas me salen con estas penas, con estas aflicciones, con estos pesares. ¡Caiga la deshonra sobre Romeo!

JULIETA: ¡Ampollas en la lengua te salgan a ti por desear tal cosa! No ha nacido él para la deshonra. Se deshonra la deshonra en su persona, pues es Romeo un trono en el que el honor puede coronarse monarca soberano de la tierra universal. ¡Ah, cuánta brutalidad la mía, al reprenderlo con palabras crueles!

AMA: ¿Ahora alabas al asesino de tu primo?

JULIETA: ¿Acaso debo renegar de mi esposo? ¡Ay, mi dueño, infeliz de ti! ¿Qué lengua limpiará tu nombre si lo mancilla quien no ha ni tres horas es tu esposa? Mas, infame, ¿por qué mataste a mi primo? Ese primo infame habría matado a mi esposo. ¡Atrás, lágrimas necias, volved a la fuente de donde habéis salido, pues siendo gotas tributarias de la aflicción, os ofrecéis, confundidas, a la dicha. Mi esposo, al que habría matado Teobaldo, vive. Teobaldo, al que habría matado mi esposo, ha muerto. Es un consuelo, ¿a qué llorar, entonces? Una palabra que oí, más nefasta que la muerte de Teobaldo, me mata. De buena gana la olvidara, mas, ¡ay!, se me aferra a la memoria como las culpas malditas a la cabeza de los pecadores. Teobaldo está muerto y Romeo, desterrado. «Desterrado», esa sola palabra, *desterrado*, pesa como diez mil Teobaldos asesinados: bastante desgracia fuera la sola muerte de mi primo, de haber terminado ahí. O, si las desgracias nunca vienen solas y es forzoso que traigan otras consigo, ¿por qué «Teobaldo ha muerto» no se acompañó de «tu padre» o «tu madre» o «los dos», y así fuera un dolor soportable? Mas el séquito que acompaña la muerte de Teobaldo, «Romeo, desterrado», es como decir padre, madre, Teobaldo, Romeo y Julieta..., todos asesinados, todos muertos. Romeo, desterrado, esa palabra trae consigo la muerte infinita, sin límite ni mesura. No hay palabra para decir tan gran desgracia. Ama, ¿dónde están mi padre y mi madre?

AMA: Lamentándose y llorando junto al cadáver de Teobaldo. ¿Vas a ir con ellos? Te acompaño.

JULIETA: ¿Se lamen ellos las heridas con lágrimas? Cuando se sequen las suyas todavía correrán las mías por el destierro de Romeo. Recoge esas cuerdas, pobres infelices, engañadas como yo, pues Romeo está en el destierro. Os tejió para llegar a mi lecho, pero yo, que soy doncella, muero doncella y viuda. Andad, cuerdas, andad. Ama, me voy al tálamo nupcial. La muerte, que no Romeo, tomará mi doncellez.

AMA: Ve enseguida a tu alcoba. Buscaré a Romeo para que te consuele. Sé dónde está. Esta noche lo tendrás aquí. Voy a buscarlo. Se esconde en la celda de fray Lorenzo.

JULIETA: ¡Ah! Cuando encuentres a mi fiel caballero, entrégale este anillo y dile que venga; será nuestra postrer despedida.

Salen.

ESCENA III

Celda del fraile.

Entra Fray Lorenzo

Fray Lorenzo: Ven, Romeo, ven aquí, no temas. La aflicción se ha enamorado de ti; desposado estás con la calamidad.

Entra Romeo.

Romeo: ¿Qué noticias hay, padre? ¿Cuál es la sentencia del príncipe? ¿Qué nueva pena me aguarda?

Fray Lorenzo: Muy de cerca conoce ya mi querido hijo tan amarga compañía. Te traigo las nuevas del juicio del príncipe.

Romeo: ¿Ha sentenciado el día de mi juicio final?

Fray Lorenzo: Pronunció una sentencia más leve: no la muerte del cuerpo, sino el destierro.

Romeo: ¡Ay! ¡Destierro! Muéstrate clemente, di «muerte», porque el rostro del destierro es más atroz, mucho más que el de la muerte. No digáis «destierro».

Fray Lorenzo: Estás desterrado de Verona a partir de ahora. Sé paciente, el mundo es ancho y largo.

Romeo: No hay mundo fuera de los muros de Verona, sólo purgatorio y tormento, ¡el verdadero infierno! Desterrado quiere decir expulsado del mundo, y eso es morir. Destierro es otro nombre de la muerte. Al llamar destierro a la muerte me habéis cortado la cabeza con hacha de oro y habéis sonreído al ver el hachazo asesino.

FRAY LORENZO: ¡Ah, pecado mortal! ¡Ingratitud encarnizada! Según nuestra ley, tu pecado se castiga con la muerte. Sin embargo, el príncipe, poniéndose de tu parte, ha despreciado la ley y con clemencia ha convertido la negra muerte en destierro. ¡Tanta compasión y tú no la ves!

ROMEO: Tortura es y no compasión. El cielo está aquí, donde vive Julieta; los gatos, los perros, los ratoncitos y hasta las cosas más banales viven aquí en el cielo y pueden contemplarla; todas, menos Romeo. Las moscas carroñeras valen más que Romeo, gozan de mayor honra y de vida más cortesana. Pueden rozar la maravillosa blancura de las manos de Julieta y hurtar besos inmortales a sus labios, siempre ruborizados de pura y virginal modestia, pues creen que pecan por besarse. Las moscas pueden, pero Romeo no; es un proscrito. ¿Y aun así decís que el destierro no es la muerte? ¿No podéis matarme con veneno, daga afilada o cualquier otro medio rápido que no fuera tan rastrero como el destierro? ¿El destierro? ¡Ay, fraile! Esa palabra es el lema de los condenados al infierno; es su grito desgarrador. ¿Cómo tenéis valor, siendo padre reverendo que absuelve los pecados y demostrado amigo mío, de mutilarme con semejante palabra, *desterrado*?

FRAY LORENZO: ¡Loco ingenuo! Oye un momento lo que digo.

ROMEO: ¡Ah! Volvéis a hablarme de destierro.

FRAY LORENZO: Voy a darte armadura contra esa palabra, dulce leche contra la adversidad, filosofía para el alivio del destierro.

ROMEO: ¿Más destierro? Muera la filosofía, si no es capaz de darme a Julieta, de llevarse una ciudad a otra parte, de invertir la sentencia de un príncipe. No sirve de nada ni en nada alivia. Callad.

FRAY LORENZO: ¡Ah, comprendo! Los locos no oyen.

ROMEO: ¿Para qué quieren oír, cuando los sabios no ven?

FRAY LORENZO: Hablemos un momento de tu situación.

ROMEO: No podéis hablar de lo que no conocéis. ¿Acaso sois joven como yo y estáis enamorado de Julieta, y os acabáis de casar y habéis asesinado a Teobaldo, y os morís de amor y os han desterrado? Sólo así podríais decir algo y arrancaros los cabellos y arrojaros al suelo como hago yo, tomando la medida para cavar mi tumba.

Llaman a la puerta.

FRAY LORENZO: ¡Arriba, que llaman! Romeo, por Dios, escóndete.

ROMEO: No, a menos que, como una niebla, me oculte a la vista el aliento de mis tristes quejas.

Llaman a la puerta.

FRAY LORENZO: Mira que están llamando. ¿Quién va? Romeo, levántate, vienen a buscarte. ¡Ya va! ¡Levántate! [*Llaman a la puerta.*] ¡Corre a mi estudio! ¡Va, va! ¿Qué desatino es este, por Dios? ¡Ya va! [*Llaman a la puerta.*] ¿Quién llama con tanto apremio? ¿De dónde venís? ¿Qué queréis?

AMA: Abrid la puerta, que traigo recado de Julieta.
FRAY LORENZO: Entonces, pasad.

Entra el AMA.

AMA: ¡Ay, santo padre! ¡Ay! ¡Decidme, santo padre, dónde está el señor de mi señora! ¿Dónde está Romeo?
FRAY LORENZO: Ahí, en el suelo, embriagado de sus propias lágrimas.
AMA: Ah, pues igual que mi señora, igual, igual. ¡Ah, desgraciado entendimiento! ¡Qué situación tan lamentable! Así está ella, postrada, murmurando y sollozando, sollozando y murmurando. ¡Levantaos! ¡Arriba! ¡Arriba, vamos, comportaos como un hombre! Por Julieta, por el amor de Julieta, ¡levantaos del suelo! ¿Cómo caéis en pozo tan hondo?

ROMEO se levanta.

ROMEO: ¡Ama!
AMA: ¡Ay, mi señor! La muerte todo lo acaba.
ROMEO: ¿Hablas de Julieta? ¿Qué dice? ¿Me considera un asesino imperdonable, ahora que he mancillado la infancia de nuestra felicidad con sangre cercana a la suya? ¿Dónde está? ¿Cómo se encuentra? ¿Qué dice mi dueña secreta del amor que no ha podido ser?
AMA: ¡Ay, señor! No dice nada, sólo llora sin cesar; se tumba en la cama y de pronto se levanta sobresaltada, llama a Teobaldo, luego reclama a Romeo y al punto vuelve a tumbarse.

ROMEO: Como si el nombre, disparado por un cañón mortal, la matase como mató a su primo la maldita mano de ese nombre. ¡Decidme, padre, decidme en qué miserable parte de este cuerpo reside mi nombre! Decídmelo y arraso al punto la odiosa mansión.

Saca la espada.

FRAY LORENZO: Contén esa mano desesperada. ¿Eres hombre? Lo pareces, pero derramas lágrimas de mujer y actúas como un bruto, con el furor irracional de las fieras. ¡Mujer deforme en hombre bien formado y fiera desnaturalizada en forma de hombre y mujer! Me asombras. Por la santa orden franciscana, confiaba en tu buen temple. ¿Has matado a Teobaldo y ahora quieres quitarte la vida? ¡Matarás a tu dueña, que vive en ti, si de tal modo te vengas en tu persona! ¿Por qué reniegas del día en que naciste, del cielo y de la Tierra, si las tres cosas van a una en ti y a una las perderías? ¡Quia! ¡No avergüences a tu figura, a tu amor, ni a tu juicio, pues eres rico en las tres cosas y, cual usurero, no las empleas en lo suyo ni les das el brillo debido. Tu noble figura no es más que un molde de cera, pues carece de valor masculino. Juraste amor, mas en falso, pues matas a la que juraste amar. El juicio, que es el ornamento de tu figura y de tu amor, por la conducta de ambos échaslo a perder. Como pólvora en cuerno de soldado novato, lo prendes por ignorancia y lo que ha de ser tu defensa te mutila. ¡Vamos, levántate, sé hombre! Tu Julieta vive, por ella querías morir hace un momento.

¡Mira si eres afortunado! Teobaldo iba a matarte, mas lo mataste tú. Pesaba sobre ti la pena de muerte, mas la ley se ha puesto de tu parte cambiándola por el destierro. ¡Mira si te sonríe la fortuna! Llevas la suerte a cuestas, te corteja con sus mejores galas, pero tú, cual mozuela enfurruñada y caprichosa, frunces el ceño a la suerte y al amor. Anda con tiento, porque así serás desgraciado. Ve, reúnete con tu amada tal como estaba acordado. Llega a su estancia y procúrale consuelo, pero márchate antes de que salga la ronda, porque te impedirían ir a Mantua, donde te refugiarás hasta que encontremos el momento de anunciar tu matrimonio, reconciliar a vuestras familias y pedir indulto al príncipe para que puedas volver dos mil veces más alegre que cuando partiste desolado. Ama, ve tú primero. Saluda a tu señora de mi parte y ruégale que procure mandar pronto a la cama a toda la casa, lo cual será fácil por la pena que hoy embarga a la familia. Después acudirá Romeo.

AMA: Mi señor, podría pasar aquí toda la noche oyendo buenos consejos. ¡Ah, cuánta sabiduría! Mi señor, diré a mi señora que acudiréis.

ROMEO: Sí, y di a mi amor que se apreste a reprenderme.

El AMA va a salir, pero se vuelve otra vez.

AMA: Tomad, señor, me encargó que os entregase este anillo, señor. Acudid enseguida, daos prisa, que se hace tarde.

Sale.

ROMEO: ¡Cuánto me alivia esta prenda!

FRAY LORENZO: Márchate ahora, buenas noches, y no olvides lo siguiente: márchate antes de que salga la ronda o sal disfrazado al romper el día. Quédate en Mantua. Buscaré a tu criado y él te llevará noticia de cuanto suceda en Verona y te sea favorable. Dame la mano. Es tarde. Adiós. Buenas noches.

ROMEO: Si no me reclamara una alegría tan inmensa, sentiría en el alma separarme tan pronto de vos. Adiós.

Salen.

ESCENA IV

[Lunes por la noche.]

Sala en casa de Capuleto. Entran CAPULETO, SEÑORA DE CAPULETO y PARIS.

CAPULETO: Han sucedido cosas tan terribles, señor, tan infaustas que no hemos tenido tiempo de convencer a nuestra hija. Veréis, ella tenía en gran estima a su primo Teobaldo, y yo también. Mas nacemos para morir. Ahora es muy tarde ya, no bajará esta noche. Os prometo que, de no haber estado vos aquí, me habría ido a la cama hace una hora.

PARIS: No es el amor para los días de duelo. Buenas noches, señora. Encomendadme a vuestra hija.

SEÑORA DE CAPULETO: Así lo haré y mañana temprano sabré lo que piensa, pues esta noche se ha encerrado en la pesadumbre.

PARIS va a salir, pero CAPULETO lo llama de nuevo.

CAPULETO: Señor conde, os ofrezco sin reservas el amor de mi hija. Creo que me obedecerá en todos los aspectos; no, digo más, no me cabe la menor duda. Señora, id a verla antes de acostaros y hacedle saber que mi hijo Paris la ama. Ordenadle... ¿Me habéis oído bien? Ordenadle que el próximo miércoles... Un momento... ¿Qué día es hoy?

PARIS: Lunes, mi señor.

CAPULETO: ¡Lunes! ¡Ah, sí! En tal caso, el miércoles es precipitado. El jueves, que sea el jueves, decidle que se desposará con este noble conde. ¿Estaréis preparado vos? ¿Os complace la premura? Será una ceremonia discreta, con uno o dos amigos; considerad que, debido a la reciente muerte de Teobaldo, nuestro sobrino, una gran celebración parecería falta de decoro. Así pues, convidaremos a seis amigos nada más. ¿Y qué decís vos al jueves?

PARIS: Mi señor, desearía que el jueves fuese mañana.

CAPULETO: Bien, marchad ahora. Será, pues, el jueves. Mi señora, id a ver a Julieta antes de retiraros, prevenidla sobre el día de la boda. Adiós, mi señor. ¡Vamos, alumbrad mi dormitorio! Por mi vida que es tan tarde que podríamos decir que es temprano. Buenas noches.

Salen.

ESCENA V

[Martes de madrugada.]

Entran ROMEO *y* JULIETA, *arriba, en el balcón.*

JULIETA: ¿Ya te vas? Aún no despunta el día. Lo que has oído con temor no era una alondra, sino un ruiseñor que canta de noche en aquel granado.[8] Créeme, amor mío, era el ruiseñor.

ROMEO: No era un ruiseñor, sino una alondra que anuncia la mañana. Mira, amor mío, la claridad antipática que se abre paso entre las nubes de Oriente. Se han extinguido las luces de la noche y el día asoma de puntillas por la brumosa cima de las montañas. Debo irme y vivir o quedarme y morir.

JULIETA: Esa claridad no es el día, lo sé yo. Es un meteoro que despide el sol para ser tu antorcha esta noche y guiarte en el camino de Mantua. Por tanto, quédate, no es necesario que te vayas.

ROMEO: Que me encuentren, que me condenen a muerte; me parece bien si es lo que te complace. Diré que ese color grisáceo no es el ojo de la aurora, sino un débil reflejo del

8 En efecto, la alondra comienza a cantar tan pronto como percibe la primera claridad del día, mientras que el ruiseñor es una de las pocas aves que canta hasta bien entrada la noche.

rostro de Cintia,[9] y que no es la alondra la que hiende con sus notas la alta bóveda celeste. Puede más el deseo de quedarme que la voluntad de dejarte. Ven, muerte, serás bien acogida, pues Julieta así lo quiere. ¿Qué sucede, alma mía? Charlemos, aún no amanece.

JULIETA: Sí, sí, está amaneciendo. ¡Huye de aquí, vete, corre! Es la alondra la que lanza esos chillidos destemplados y discordantes. Dicen que las alondras separan con dulzura unas notas de otras, pero ésta no, porque nos separa a nosotros. Y dicen que ella y el detestable sapo cambian los ojos la una con el otro. ¡Así cambiaran la voz ahora, que la suya nos alarma y te expulsa de aquí, anunciando el alba. ¡Vamos, vete ya, que está empezando el día!

ROMEO: Está empezando el día y empieza la noche de nuestra aflicción.

Entra el AMA *a toda prisa.*

AMA: Señora.

JULIETA: ¿Ama?

AMA: Tu señora madre viene hacia aquí. Ya ha amanecido. ¡Cuidado, estate alerta!

Sale.

9 Otro nombre de Artemisa, diosa de la luna entre los griegos.

JULIETA: Entonces, entre el día por la ventana al tiempo que por ella sale la vida.

ROMEO: Adiós, adiós, un beso y me voy.

Baja por la escala de cuerdas, que cuelga del balcón.

JULIETA: ¿Te has ido? Mi amor, mi dueño, mi esposo, mi amigo, quiero saber de ti todos los días que contiene cada hora, porque hay muchos días en un minuto. ¡Ay! Según esas cuentas, seré vieja cuando vuelva a ver aquí a mi Romeo.

ROMEO: Adiós. No desperdiciaré ocasión de mandarte recuerdos, amor mío.

JULIETA: ¡Ay! ¿Crees que volveremos a vernos algún día?

ROMEO: Estoy seguro, y entonces nos reiremos de este mal trance en el que ahora estamos.

JULIETA: ¡Ay, Dios! ¡Tengo un mal presentimiento! Ahora que estás tan abajo, te he visto como muerto en una tumba. O me falla la vista o estás muy pálido.

ROMEO: También tú me lo pareces a mí, créeme, mi amor. Un pesar sediento nos bebe la sangre.[10] Adiós, adiós.

Sale.

JULIETA: ¡Ay, fortuna, fortuna! Dicen que eres variable. Pues, si lo eres, ¿para qué quieres a uno tan constante?

10 Se decía que cada suspiro robaba una gota de sangre al corazón.

Sé variable, fortuna, no te lo quedes mucho tiempo y devuélvemelo enseguida.

Entra, abajo, la SEÑORA DE CAPULETO.

SEÑORA DE CAPULETO: ¡Hola, hija! ¿Estás despierta?

JULIETA: ¿Quién me llama? Ah, es mi señora madre. ¿Tan tarde se acuesta o tan temprano se levanta? ¿Qué motivo extraordinario la trae aquí?

Se retira del balcón y baja.

SEÑORA DE CAPULETO: ¿Qué te ocurre, Julieta?

Entra JULIETA.

JULIETA: Señora, no me encuentro bien.

SEÑORA DE CAPULETO: ¿Sigues llorando por la muerte de tu primo? ¿Es que quieres rescatarlo de la tumba a fuerza de lágrimas? Aunque pudieras, no le devolverías la vida. Por lo tanto, termina de una vez: un poco de dolor es prueba de gran cariño, pero el exceso no es más que insensatez.

JULIETA: Sin embargo, dejadme llorar por lo que he perdido.

SEÑORA DE CAPULETO: Entonces, lloras por lo que has perdido, no por el amigo.

JULIETA: Lamento tanto haberlo perdido que no puedo sino llorar siempre por él.

SEÑORA DE CAPULETO: Veamos, niña, no lloras sólo por su muerte, sino porque vive todavía el canalla que lo asesinó.

JULIETA: ¿A quién os referís, señora?

SEÑORA DE CAPULETO: Al canalla de Romeo.

JULIETA: Entre un canalla y él media un gran trecho. Que Dios lo perdone. Yo lo perdono de todo corazón, aunque no hay hombre en el mundo que me lo haya partido en tantos pedazos.

SEÑORA DE CAPULETO: Es porque el traidor asesino todavía vive.

JULIETA: Sí, señora, vive fuera del alcance de estas mis manos. ¡Así pudiera vengar la muerte de mi primo yo sola!

SEÑORA DE CAPULETO: Descuida, que encontraremos la forma de vengarlo. Ahora deja de llorar. Mandaré a alguien a Mantua, donde vive desterrado ese rufián, con un bebedizo tan poco conocido que no tardará en hacer compañía a Teobaldo; espero que entonces quedes plenamente satisfecha.

JULIETA: Nunca estaré plenamente satisfecha de Romeo hasta que lo vea... muerto... está mi pobre corazón de tanto llorar por mi amigo.[11] Señora, si halláis al hombre que lleve el veneno, yo lo prepararé de manera que le haga efecto enseguida y no tarde en descansar en paz. ¡Ay, cuánto aborrezco oír su nombre y no poder acercarme a él para derramar el amor que profesaba a mi primo sobre el cuerpo de quien lo asesinó.

SEÑORA DE CAPULETO: Busca la forma de prepararlo, que yo encontraré a quien lo lleve. Y ahora, una buena noticia, niña.

11 Julieta dice la verdad, pero completa la frase a partir de la palabra *muerto*, cambiándole el sentido, para justificarse ante su madre.

JULIETA: Llegan buenas noticias cuando más falta hacen. ¿De qué se trata, señora?

SEÑORA DE CAPULETO: ¡Ah, hija mía! Tienes un padre que se ocupa de todo, pues, por traerte algún consuelo, ha elegido darte de repente un día muy feliz que tú no esperabas, pues ni siquiera pensabas en él.

JULIETA: Muy oportuno, señora. ¿De qué día se trata?

SEÑORA DE CAPULETO: Alégrate, pues el jueves que viene, por la mañana temprano, en la iglesia de San Pedro, un caballero noble, joven y gallardo, el conde Paris, te hará la novia más feliz.

JULIETA: Por la iglesia de San Pedro y por Pedro también, que no me hará la novia más feliz. ¿A qué tanta prisa por casarme, si el que ha de ser mi esposo ni siquiera me ha cortejado? Os ruego, señora, que digáis a mi señor padre que no voy a casarme todavía. Y cuando me case, juro que será con Romeo, a quien sé que aborrecéis, y no con Paris. Ahora ya sabéis la verdadera noticia.

SEÑORA DE CAPULETO: Aquí viene tu padre, díselo tú y a ver cómo se lo toma.

Entran CAPULETO y el AMA.

CAPULETO: Cuando se pone el sol, la tierra gotea rocío, pero derrama torrentes por el ocaso del hijo de mi hermano. ¿Qué ocurre, niña? ¿Sigues deshecha en lágrimas? ¿No cesa tu llanto? Con un cuerpecillo tan pequeño pareces un barco, un mar, un vendaval, pues todavía sube y baja en tus ojos la marea de las lágrimas, que son el mar. El barco, tu cuerpo, que surca esas aguas saladas, y el vendaval, los suspiros, que se mezclan con las lágrimas y éstas con aquéllos, no dejan que tu cuerpo, zarandeado por la tormenta, halle un momento de calma. ¿Qué hay, señora? ¿Le habéis comunicado nuestra decisión?

SEÑORA DE CAPULETO: Sí, señor, pero se niega y os da las gracias. Más valiera que esta insensata estuviera ya casada con la tumba.

CAPULETO: Despacito, señora, explicadme todo eso. ¿Qué decís? ¿Que se niega? ¿No está agradecida? ¿No se enorgullece? ¿No le satisface que, indigna como es, la desposemos con un caballero tan noble?

JULIETA: No me enorgullezco, pero os estoy agradecida. No puedo enorgullecerme de lo que aborrezco, mas os lo agradezco, a pesar del aborrecimiento, porque lo habéis hecho por cariño.

CAPULETO: ¡Huy, huy, huy! ¡Cuánta palabrería! ¿Qué significa eso? ¿No me enorgullezco y lo agradezco, pero me enorgullezco y no lo agradezco? ¡Muchacha antojadiza! ¡Se acabaron los aborrecimientos y los agradecimientos! ¡Prepara esas bonitas ancas tuyas para ir a la iglesia de San Pedro con Paris el próximo jueves, o te arreo yo hasta allí a palos! ¡Fuera de aquí, carroña escuálida y descolorida! ¡Fuera, descastada! ¡Esmirriada!

SEÑORA DE CAPULETO: ¡Callad, callad! ¿Os habéis vuelto loco?

JULIETA: Buen padre mío, os lo suplico de rodillas. [*Se arrodilla.*] Oídme con calma tan sólo una palabra.

CAPULETO: ¡Que te zurzan, chiquilla descastada! ¡Granuja! ¡Rebelde! Oye tú lo que te digo: si no te presentas el jueves en la iglesia, no vuelvas a mirarme a la cara nunca más. No hables, no repliques, no respondas. ¡Qué ganas de ponerte la mano encima! Mi señora, nos considerábamos poco felices porque Dios nos dio la bendición de una sola hija, pero ahora veo que una sola es demasía y más parece maldición. ¡Que se vaya esa miserable desgraciada!

AMA: ¡El Dios del Cielo la bendiga! Mi señor, no la regañéis de ese modo.

CAPULETO: ¿Y por qué, marisabidilla? ¡Ten la lengua, doña prudencia! ¡A chismorrear con tus comadres, largo!

AMA: No he dicho mentira.

CAPULETO: ¡Ah! ¡Buenas tardes os dé Dios!

AMA: ¿Acaso no se puede hablar?

CAPULETO: ¡Calla, necia charlatana! ¡Guarda tus consejos para tus comadres, que aquí sobran!

SEÑORA DE CAPULETO: Estáis muy acalorado.

CAPULETO: ¡Por el cuerpo de Cristo! ¡Es para volverse loco! De día y de noche, en el trabajo y en el juego, solo y en compañía, lo único que me preocupaba era encontrarle marido. Y ahora que le doy un caballero de linaje noble, rico hacendado, joven y en buena posición, adornado, como dicen, con las mejores cualidades, que más gallardo no se pueda desear..., sale esta necia descastada y llorona, ese espantajo quejica, y al sonreírle la fortuna, replica: «¡No me casaré, no lo amo, soy muy joven, os ruego que me perdonéis!» ¡Tú no te cases y verás si te perdono! Vete a pacer donde gustes, pero no vivirás bajo el mismo techo que yo. Piénsalo bien, te lo advierto, porque no bromeo yo en estos asuntos. El jueves está cerca.

Piénsalo con la mano en el corazón. Si eres hija mía, te entregaré a mi amigo. De lo contrario, ¡que te zurzan! ¡Vete a mendigar y muérete de hambre! ¡Termina tus días en la calle! Juro por mi alma que no te reconoceré ni te favoreceré en nada que de mí dependa. Así será, dalo por seguro. Medítalo. ¡No faltaré a mi palabra!

JULIETA: ¿Es que no hay piedad en lo alto ni ve nadie este rigor tan grande? ¡Ay, dulce madre mía! No me expulséis, retrasad la boda un mes, una semana. Si no, más vale que pongáis el lecho nupcial en las tinieblas del panteón en el que yace Teobaldo.

SEÑORA DE CAPULETO: No me hables, pues no diré una palabra. Haz lo que te plazca. Yo he terminado contigo.

JULIETA: ¡Ay, Dios! ¡Ama! ¿Cómo evitar todo esto? Tengo a mi esposo en la Tierra y mi voto en el Cielo. ¿Cómo puede volver el voto a la Tierra, si no abandona mi esposo la Tierra y me lo devuelve desde el Cielo? Confórtame, dame consuelo. ¡Ay de mí! ¡Ay de mí! ¡El Cielo juega con un ser tan débil como yo! Dime algo, ama. ¿Ni una palabra alegre? Dame un poco de consuelo, ama.

AMA: Aquí lo tienes: Romeo está desterrado y me juego el mundo contra nada a que nunca se atreverá a volver para reclamarte. O, si lo hace, será a escondidas. Por lo tanto, tal como están las cosas, lo mejor parece que te cases con el conde. ¡Ah, es un caballero encantador! A su lado, Romeo es un trapo de fregar. Ni las águilas tienen los ojos tan verdes, tan brillantes, tan bellos como Paris. Así se me pare el corazón si no encuentras la felicidad en este segundo matrimonio, porque aventaja en mucho al primero; de todos modos, el primero está muerto o, para los efectos, como si lo estuviera, porque viviendo tú aquí, como es el caso, de nada te sirve.

JULIETA: ¿Lo dices con el corazón en la mano?

AMA: Y con el alma, o malditos sean los dos.

JULIETA: Amén.

AMA: ¿Qué?

JULIETA: Me has consolado maravillosamente. Ve a decir a mi señora madre que, después de haber disgustado tanto a mi padre, he ido a la celda de Lorenzo a confesar y a pedir la absolución.

AMA: Descuida, así lo haré; una sabia decisión.

Sale.

JULIETA: ¡Maldita vieja! ¡Ay, demonio perverso! No sé si comete mayor pecado por desear que abjure de mi voto o por calumniar a mi dueño con la misma lengua con la que una y mil veces lo ha alabado por sobre todos los demás. ¡Adiós, consejera! A partir de hoy no estás en mi corazón. Acudiré al fraile, él sabrá qué decirme. Si no hay más remedio, me quitaré la vida.

Sale.

ACTO IV

ESCENA I

[Martes por la mañana.]

Celda del fraile.

Entran FRAY LORENZO *y* PARIS.

FRAY LORENZO: ¿El jueves, señor? Muy pronto parece.

PARIS: Es el deseo de mi señor Capuleto y me conviene, por tanto no seré yo quien modere la premura.

FRAY LORENZO: Decís que no sabéis si la dama consiente. Eso no es normal y no me agrada.

PARIS: No ha dejado de llorar la muerte de su primo Teobaldo y, por tanto, me ha faltado ocasión de hablarle de amor, pues Venus no es propicia cuando imperan las lágrimas. Sin embargo, el padre considera peligroso que la dama se entregue en exceso al dolor y, con buen tino, prefiere celebrar el matrimonio sin demora y terminar, en virtud de la compañía, el llanto incontenible que la embarga estando sola. Ahora ya conocéis la razón de tanto apremio.

FRAY LORENZO: Más me valiera ignorarla... Mirad, señor, llega la dama a mi celda.

Entra JULIETA.

PARIS: Mucho me alegra veros, mi señora y esposa.

JULIETA: Así sería, señor, si fuera vuestra esposa.

PARIS: Así será, así ha de ser, amor, el jueves que viene.

JULIETA: Lo que haya de ser será.

FRAY LORENZO: Gran verdad.

PARIS: ¿Venís a confesar con este padre?

JULIETA: Responderos sería confesar con vos.

PARIS: No le neguéis que me amáis.

JULIETA: Os confieso que lo amo.

PARIS: Y también confesaréis que me amáis, sin duda.

JULIETA: Si así fuere, tendría más valor confesarlo en vuestra ausencia que ante vos.

PARIS: ¡Pobrecilla! El llanto os estraga el rostro.

JULIETA: No se ha esforzado tanto el llanto, pues no valía mucho mi rostro antes del estrago de las lágrimas.

PARIS: Más estrago le hacen ahora vuestras palabras.

JULIETA: Señor, no es calumnia la verdad y lo que he dicho me lo he dicho a la cara.

PARIS: Esa cara es mía y la habéis calumniado.

JULIETA: Pudiera ser, porque mía no es. Santo padre, ¿tenéis tiempo que dedicarme ahora o vengo a veros a la hora de vísperas?

FRAY LORENZO: Lo tengo ahora, mi apesadumbrada hija. Mi señor, es necesario que nos dejéis a solas.

PARIS: No permita Dios que me entrometa en asuntos de devoción. Julieta, el jueves te despertaré temprano. Hasta entonces, adiós y guarda este beso casto.

Sale.

JULIETA: ¡Ay! Cerrad la puerta y venid luego a llorar conmigo. No hay esperanza para mí, ni remedio ni consuelo.

FRAY LORENZO: ¡Ah, Julieta! Conozco el motivo de tu pesadumbre y me abruma tanto que estoy fuera de mí. Ha llegado a mis oídos que el jueves próximo, y nadie podría evitarlo, te casas con ese conde.

JULIETA: Padre, no me digáis que lo sabéis a menos que podáis evitar que suceda. Si con todo vuestro conocimiento no podéis prestarme ayuda, dad por bueno lo que pienso hacer con esta daga. Dios unió el corazón de Romeo al mío, y vos, mi mano a la suya. Pero antes de que esta mano, que vos hicisteis una con la de Romeo, sea una con la de otro, antes de cometer la repugnante traición de entregarme a otro, esta misma mano impedirá las dos cosas. Así pues, dadme consejo ahora según vuestra larga experiencia o, de lo contrario, mirad: esta daga carnicera mediará entre mis penas y yo y hallará una solución que vos, aun con vuestra edad y vuestro saber, no habéis hallado para esta verdadera cuestión de honor. Hablad pronto. Deseo morir si no me habláis de algún remedio.

FRAY LORENZO: Detente, hija. Vislumbro una esperanza, mas requiere de una acción tan desesperada como el trance que queremos evitar. Si tienes la fuerza de voluntad necesaria para quitarte la vida antes que desposarte con el conde Paris, es probable que, para evitar la deshonra, desees someterte a algo semejante a la muerte, tú, que estás dispuesta a morir por no deshonrarte. Si te atreves, conozco un remedio.

JULIETA: ¡Oh! Antes que casarme con Paris, podéis mandar que me arroje desde la torre más alta, que vaya por caminos de bandoleros o que entre en el cubil de la serpiente. O podéis encadenarme con osos feroces, esconderme de noche en un osario y taparme con esqueletos crujientes de muertos, con huesos podridos y amarillentas calaveras descarnadas. O podéis decirme que descienda a una fosa recién cavada y me oculte con el muerto amortajado... Todas esas cosas me dan mucho miedo, pero las haré sin vacilar por no dejar de ser la esposa honrosa de mi amado dueño.

FRAY LORENZO: Atiende, pues. Vuelve a casa, alegra el gesto, accede a casarte con Paris. Mañana es miércoles; mañana por la noche procura acostarte sola, manda al ama a dormir fuera de tu aposento. Llévate este frasquito y, cuando estés en la cama, bébete el contenido; hecho esto, se repartirá por todas las venas un humor frío y adormecedor, los pulsos vitales mudarán su marcha natural, quedarán en suspenso: te enfriarás, ningún aliento dará cuenta de que vives, las rosas que luces en los labios y las mejillas se marchitarán y se tornarán grises como ceniza, las ventanas de los ojos se cerrarán como si la muerte cerrase el día de la vida. Privados los órganos y las extremidades del hálito vital,

se tornarán rígidos y fríos, yertos como en la muerte. El efecto durará cuarenta y dos horas y al cabo volverás en ti como tras un sueño reparador. Y así, cuando acuda el novio a despertarte por la mañana, te hallará muerta. Después, según es costumbre en este país, ataviada con tus mejores galas, te llevarán en féretro descubierto a la antigua cripta en la que reposan todos los Capuleto. Entre tanto, mientras duermes, mandaré a Romeo noticia de nuestro ardid y vendrá, y los dos asistiremos a tu despertar. Esa misma noche te llevará a Mantua y así te librarás de la inminente deshonra, siempre y cuando no te resten valor para cumplir el plan una veleidad cualquiera o un medio feminil.

JULIETA: ¡Dadme acá! ¡Dádmelo! No me habléis de miedo.

FRAY LORENZO: Aquí tienes. Márchate. Sé firme en tu propósito y mucha suerte. Mandaré a un fraile a Mantua sin demora con una carta para tu señor.

JULIETA: Que el amor me dé firmeza y la firmeza esté de mi parte. Adiós, bendito padre.

Sale.

ESCENA II

[Martes por la tarde.]

Interior de la casa de los Capuleto.

Entran CAPULETO, *la* SEÑORA DE CAPULETO, *el* AMA *y dos o tres criados.*

CAPULETO: Invita a todos cuyo nombre está aquí escrito. [*Sale un criado.*] Oye, gañán, tráeme aquí veinte cocineros de los buenos.

CRIADO: No traeré ninguno que no lo sea, señor, porque los pondré a prueba. Veré si se chupan los dedos.

CAPULETO: ¡Cómo! ¿Y así lo sabrás?

CRIADO: Sí, señor: el buen cocinero se chupa los dedos, conque, si uno no se los chupa, no lo contrato.

CAPULETO: Vete, anda. [*Sale el criado.*] Mal provistos estamos esta vez para el banquete. ¿Qué hay? ¿Acaso mi hija ha ido a ver a fray Lorenzo?

AMA: Sí, por cierto.

CAPULETO: Tanto mejor; pudiera ser que le hiciera algún bien. ¡Qué testaruda y rabiosa es la muy descastada!

Entra JULIETA.

AMA: Mirad, ahí viene de confesar, y trae buena cara.

CAPULETO: Veamos, cabezotilla mía, ¿dónde has estado pasando el rato?

JULIETA: En un lugar en el que he aprendido a arrepentirme del pecado de la desobediencia para con vos y vuestros deseos; el bendito fray Lorenzo me conmina a suplicaros perdón postrada de hinojos. Perdonadme, os lo ruego. De aquí en adelante sólo a vos obedeceré.

Se arrodilla.

CAPULETO: Mandad recado de esto al conde. Este nudo lo dejo yo bien atado mañana por la mañana.[12]

JULIETA: Hallé al jovial caballero en la celda de Lorenzo y le di muestra conveniente de mi afecto con la debida modestia.

CAPULETO: Bien, me alegro mucho. Está bien. En pie. Así es como debe ser. Que venga el conde. Sí, que venga. Id, digo, id a buscarlo y traedlo aquí. Pongo a Dios por testigo de que esta ciudad debe mucho a ese fraile reverendo.

JULIETA: Ama, ¿me acompañas a mi aposento y me ayudas a elegir las galas que te parezcan más propias para ponerme mañana?

SEÑORA DE CAPULETO: No, hasta el jueves no. Hay tiempo de sobra.

CAPULETO: Ve, ama, ve con ella. Vamos a la iglesia mañana.

Salen JULIETA y el AMA.

SEÑORA DE CAPULETO: Faltarán provisiones, ya es casi de noche.

CAPULETO: ¡Bah! Voy a ocuparme de lo necesario, todo saldrá bien, os lo aseguro, esposa. Id vos con Julieta y ayudadla a prepararse. Esta noche no duermo; dejadme a mí: en esta ocasión seré yo el ama de casa. ¡Hola! ¡Han salido todos! Bien, voy yo a casa del conde, a prepararlo

12 Julieta acaba de volver de la entrevista con fray Lorenzo, por tanto, se trata del mismo día, es decir, el martes. Sin embargo, Capuleto adelanta la boda un día, decisión que precipitará los acontecimientos y desencadenará la tragedia.

para mañana. No me cabe el corazón en el pecho de gozo desde que esa revoltosilla ha entrado en razón.

Salen.

ESCENA III

[Martes por la noche.]

Aposento de JULIETA.

Entran JULIETA *y el* AMA.

JULIETA: Sí, son estas las mejores galas, pero, dulce ama, te ruego que me dejes sola esta noche. Quiero rezar muchas plegarias para conmover a los cielos y ganar su favor, pues, como bien sabes, mis pecados son muchos y grandes.

Entra la SEÑORA DE CAPULETO.

SEÑORA DE CAPULETO: ¡Hola! ¿Tienes mucho que hacer? ¿Necesitas que te ayude?

JULIETA: No, señora; hemos dispuesto todo lo conveniente y necesario para la ceremonia de mañana. Os ruego que me dejéis sola y que os llevéis al ama con vos esta noche, pues sin duda tenéis mucho que hacer por la premura de la celebración.

SEÑORA DE CAPULETO: Buenas noches. Acuéstate y descansa, que es lo que más falta te hace.

Salen la SEÑORA DE CAPULETO *y el* AMA.

JULIETA: Adiós. Sólo el cielo sabe cuándo volveremos a vernos. Corre por mis venas un temblor de miedo frío que me resta fuerzas; a punto está de helarme el cálido aliento de la vida. Las llamo otra vez, que vuelvan y me conforten. ¡Ama! Mas ¿de qué serviría? Debo afrontar sola esta escena terrible. Ven, frasquito. ¿Y si el brebaje no surte efecto? ¿Me casaré por la mañana? ¡No! ¡No! Esto lo evitará. Tú, quédate ahí. [*Coloca una daga junto a sí.*] ¿Y si el fraile ha puesto aquí a escondidas un veneno que me mate de verdad, para evitarse él la deshonra de esta boda, puesto que antes me casó con Romeo? Recelo que sí, pero no, pues ha dado cumplida prueba de ser un santo varón. ¿Y si, cuando me entierren en la tumba, me despierto antes de que Romeo acuda a redimirme? ¡Ay, qué espanto! ¿Me ahogaré entonces en la cripta por cuya sucia boca no entra aire puro y moriré de asfixia en tanto no llega él? Y, si vivo, ¿no podría ser que las visiones horribles que inspiran la muerte y la noche en un recinto tan lúgubre como una cripta, un panteón antiguo donde reposan desde hace muchos siglos los huesos de mis antepasados, donde yace Teobaldo pudriéndose en un sudario ensangrentado, donde, según dicen, aparecen espíritus a ciertas horas de la noche...? ¡Ay de mí! ¿No podría ser que, si despierto antes de tiempo entre hedores nauseabundos y gritos de mandrágora cuando la arrancan de la tierra, que enloquecen a quienes los oyen...? O, si despierto, ¿no me desquiciaré viendo tantos horrores abominables y me pondré a jugar como una fiera con los huesos de mis antepasados, y arrancaré la roída mortaja a Teobaldo y, en medio del frenesí, blandiendo un hueso de un pariente como si fuera un garrote, me abriré estos sesos desesperados? ¡Ah, mira! ¿No es eso el espíritu de mi primo, que sale en busca de Romeo, el que le atravesó el pecho con la espada? ¡Detente, Teobaldo, detente! ¡Romeo, Romeo! ¡Aquí está el frasco! Por ti bebo.

Se derrumba en el lecho, tras las cortinas.

ESCENA IV

[Miércoles de madrugada.]

Interior de la casa de los Capuleto.

Entran la SEÑORA DE CAPULETO y el AMA.

SEÑORA DE CAPULETO: Toma, ama, las llaves, vete a buscar más especias.
AMA: Los horneros piden dátiles y membrillo.

Entra CAPULETO.

CAPULETO: ¡Espabilad, vamos, vamos! El gallo ha cantado ya dos veces y se ha oído el toque de queda: son las tres. Esmérate con los asados, mi buena Angélica, y no escatimes cosa alguna.

AMA: ¡Andad, cocinero de pacotilla! ¡Andad a la cama! Por mi fe que mañana estaréis malo si pasáis la noche en vela.

CAPULETO: ¡Qué sabrás tú! ¡Pues no he pasado yo noches en vela por causas de menor importancia y nunca me he puesto malo!

SEÑORA DE CAPULETO: Sí, en vuestros tiempos pasabáis las noches a la caza del ratón, pero ya me cuidaré yo de que eso no se repita.

Salen la SEÑORA DE CAPULETO y el AMA.

CAPULETO: ¡Tiene celos! ¡Tiene celos! [*Entran tres o cuatro criados con asadores, leña y cestos.*] Oye, tú, ¿qué traes ahí?

CRIADO PRIMERO: Cosas para la cocina, señor, pero no sé qué son.

CAPULETO: ¡Apúrate, anda! [*Sale el CRIADO PRIMERO.*] ¡Tú, gañán, trae leña más seca! Pregunta a Pedro, él sabe dónde está.

CRIADO SEGUNDO: Para cosa de zoquetes, señor, sirvo bien, no es menester importunar a Pedro con eso.

CAPULETO: ¡Bien dicho, por mi fe! ¡Qué gracioso el hijo de su madre, ja! ¡Menuda cabeza de alcornoque! *[Miércoles por la mañana.]* [*Sale el CRIADO SEGUNDO.*] ¡Por Dios bendito! ¡Ya es de día! [*Se oye música.*] Ya llega el conde con la música, pues dijo que la traería. Se acerca, lo oigo. ¡Ama! ¡Esposa! ¡Venid aquí! ¡Aquí, ama! ¿No me oyes? [*Entra el AMA.*] Ve a despertar a Julieta y engalánala. Yo voy a hablar con Paris. ¡Aprisa, anda! ¡Aprisa! Ya ha llegado el novio. ¡Aprisa, te digo!

Salen CAPULETO y los CRIADOS.

ESCENA V

El Ama va hacia las cortinas y las descorre.

AMA: ¡Mi señora! ¡Hola, mi señora! ¡Julieta! ¡Vaya, duerme como un lirón! ¡Oye, corderita! ¡Niña! ¡Demonios! ¡Arriba, dormilona! ¡Cariñito, levanta! ¡Señora! ¡Corazón mío! ¡Arriba, novia! ¿Qué, nada dices? Aprovéchate ahora. Duerme una semana seguida. Ten por seguro que el conde Paris viene dispuesto a no dejarte dormir. ¡Ay, que Dios me perdone, amén! Pero ¡qué manera de dormir! Tengo que despertarla como sea. ¡Señora, señora, señora! Mira que si llega el conde y te encuentra en la cama, por mi fe que te da un susto de muerte. ¿Que no? Pero ¿qué pasa aquí? ¿Te has vestido y te has vuelto a acostar? Tengo que despertarte como sea. ¡Niña! ¡Niña! ¡Niña! ¡Ay, por Dios! ¡Por Dios! ¡Socorro! ¡Auxilio! ¡Mi niña está muerta! ¡Ay, en mala hora nací! ¡Venga aquí el aguardiente! ¡Mi señor! ¡Mi señor!

Entra la Señora de Capuleto.

SEÑORA DE CAPULETO: ¿Qué alboroto es éste?
AMA: ¡Ay, qué desgracia tan grande!
SEÑORA DE CAPULETO: ¿Qué sucede?
AMA: ¡Mirad! ¡Mirad! ¡Maldito sea este día!
SEÑORA DE CAPULETO: ¡Ay de mí! ¡Ay de mí! ¡Mi hija! ¡Mi única hija! ¡Revive, vuelve en ti o muero contigo! ¡Socorro! ¡Auxilio! ¡Corre a pedir ayuda!

Entra CAPULETO.

CAPULETO: ¡Qué vergüenza! Traed a Julieta, pues ha llegado su señor.

AMA: ¡Ha muerto! ¡Se ha ido! ¡Muerta está! ¡Qué desgracia!

SEÑORA DE CAPULETO: ¡Qué desgracia! ¡Ha muerto, ha muerto, ha muerto!

CAPULETO: ¡Ja! ¡A ver, que lo vea yo! ¡Ay, qué desdicha! ¡Está fría! No tiene pulso y está rígida. Hace mucho rato que la vida huyó de estos labios. La muerte se ha posado en ella como la helada temprana en la flor más lozana del campo.

AMA: ¡Ay, qué desgracia!

SEÑORA DE CAPULETO: ¡Ay, qué desconsuelo!

CAPULETO: La muerte, que se la ha llevado para hacerme gritar, me ata la lengua y me roba las palabras.

Entran FRAY LORENZO, PARIS *y los músicos.*

FRAY LORENZO: Veamos, ¿está dispuesta la novia para ir a la iglesia?

CAPULETO: Dispuesta para ir y no volver. ¡Ay, hijo! La víspera de tu boda la muerte ha yacido con tu esposa. Ahí está, era una flor y la muerte la ha desflorado. La muerte es mi yerno y mi heredero, pues se ha casado con mi hija. Moriré y a la muerte dejaré cuanto poseo: la vida, la hacienda, todo le pertenece.

PARIS: Tanto como he pensado en el momento de ver ese rostro por la mañana, y ahora es esto lo que me encuentro.

SEÑORA DE CAPULETO: ¡Ay, maldito día, desdichado, aciago y

aborrecible! Ésta es la hora más triste que jamás ha visto el tiempo en su largo y laborioso peregrinar. ¡Una sola, pobrecilla, sólo una hija querida tenía yo, que era el solaz y la alegría de mi vida, y la muerte cruel me la arrebata!

Se lamentan todos a la vez y se retuercen las manos.

UNOS Y OTROS: ¡Ha muerto nuestra alegría, ha muerto nuestra esperanza! Muerta, perdida, deshecha, ausente, desaparecida para siempre.

AMA: ¡Ay, qué infortunio! ¡Qué día tan desgraciado! ¡No lo hay más lamentable ni más desdichado! Es la mayor desgracia que han visto estos mis ojos. ¡Ay, ay, ay! ¡Maldito sea este día! Jamás lo ha habido más negro. ¡Qué desgracia! ¡Qué desgracia!

PARIS: Defraudado, apartado, engañado, vejado, asesinado. ¡Muerte detestable que me has burlado, muerte cruel que me derrotas! ¡Ay, amor! ¡Ay, vida! Vida, no, ¡sólo amor en la muerte!

CAPULETO: Burlado, afligido, aborrecido, martirizado, muerto. ¡Hora infausta! ¿Por qué has venido a asesinar, a destrozar nuestra ceremonia? ¡Hija mía! ¡Mi pequeña! ¡Más que hija, alma mía! Muerta estás. ¡Ay, mi hija ha muerto, con ella entierro mi alegría!

FRAY LORENZO: ¡Calmaos, por el amor de Dios! No se curan las calamidades con estallidos semejantes. Esta hermosa doncella era tan vuestra como del Cielo, ahora es toda del Cielo, que es lo mejor para ella. La parte que a vosotros correspondía no podíais sustraerla a la muerte, mas el Cielo conserva la suya en la vida eterna. Deseabais para ella lo mejor, pues verla enaltecida ha de ser vuestra felicidad, ¿y lloráis ahora, cuando tan arriba está, por encima de las nubes, a la altura del firmamento? ¡Ay, amáis a vuestra hija con un amor tan equivocado que os trastorna verla bien parada! No es mejor casada la que vive mucho tiempo, sino la que, casada, muere joven. Enjugaos las lágrimas, cubrid de romero este bello cadáver y, según es costumbre, llevadla a la iglesia ataviada con sus mejores galas. La naturaleza es tierna y nos pide llanto, pero de sus lágrimas se ríe la razón.

CAPULETO: Todo lo dispuesto para la fiesta trocará ahora su empleo para el penoso funeral: será la música campanas de duelo; el banquete de bodas, un triste refrigerio después del entierro; los himnos solemnes, sombríos cantos fúnebres; las flores de boda, flores para la tumba. Cada cosa para su opuesta.

FRAY LORENZO: Señor, retiraos, y vos, señora, id con él. Retiraos vos también, Paris. Que todos se preparen para acompañar a este bello cadáver a la cripta. Los cielos os miran hoscamente por alguna ofensa; no los irritéis más ofendiendo de nuevo su poderosa voluntad.

Salen todos menos el AMA y los músicos, que esparcen romero sobre JULIETA y corren las cortinas.

MÚSICO PRIMERO: A fe que será mejor recoger los bártulos y marcharnos.

AMA: Sí, sí, recoged, buenos y honrados muchachos; ya veis que la ocasión no da para cantos.

MÚSICO PRIMERO: Sí, pardiez, no hay cantos con que darse.

Sale el AMA.

Entra PEDRO.

PEDRO: ¡Músicos, músicos! ¡«Alivio de las penas»! ¡Tocadme «Alivio de las penas» y alegradme la vida!

MÚSICO PRIMERO: ¿Por qué «Alivio de las penas»?

PEDRO: ¡Ay, músicos! Porque no oigo otra cosa que «Cargado de pena». Os lo ruego, tocadme una elegía alegre que me consuele.

MÚSICO PRIMERO: ¡Quia! No está la cosa para canciones.

PEDRO: Entonces, ¿no tocáis?

MÚSICO PRIMERO: No.

PEDRO: Pues ahora os voy a dar yo la nota.

MÚSICO PRIMERO: ¿Qué nota nos vas a dar?

PEDRO: No la de los dineros, por éstas, ¡a tono os voy a poner!

MÚSICO PRIMERO: Y yo te pongo el calderón por sombrero.

PEDRO: ¡Con esta navaja te voy a templar! Tú a mí no me píes. ¡Mira que te la do, mira que te la re! ¿Me oyes?

MÚSICO PRIMERO: Atrévete y verás quién te templa a ti.

MÚSICO SEGUNDO: Guarda la navaja y afina el ingenio, te lo ruego.

PEDRO: Pues os ensartaré con el ingenio. ¡Guardo la navaja pero os dejaré secos con un instrumento más agudo! Responded como hombres.

Si un gran pesar oprime el corazón
y colma de dolor los pensamientos,
la música con su argentino son...

¿Por qué «argentino son»? ¿Por qué «la música con su argentino son»? ¿Qué dices tú, Simón Cuerda?

MÚSICO PRIMERO: A la vista está, señor, porque el sonido de la plata es dulce.

PEDRO: Bien dicho. ¿Y tú, Hugo Rabel? ¿Qué dices?

MÚSICO SEGUNDO: Digo que será porque los músicos tocan por plata.

PEDRO: Bien hablado. ¿Y tú, Juan Mástil?

MÚSICO TERCERO: Voto a tal que no sé qué decir.

PEDRO: ¡Ah, disculpa! ¡Eres el cantor! Lo digo yo en tu lugar. Dice «la música con su argentino son» porque los músicos no tocan el oro.

La música con su argentino son
pronto derrama balsámicos efectos.

Sale.

MÚSICO PRIMERO: ¡Menudo granuja está hecho!

MÚSICO SEGUNDO: ¡Que lo zurzan! Vamos dentro a esperar el duelo. Nos quedamos a comer.

Salen.

ACTO V

ESCENA I

[Jueves por la mañana.]

Una calle de Mantua.

Entra ROMEO.

ROMEO: Si me fío de la verdad lisonjera que durmiendo se vive, los sueños me han presagiado buenas noticias. Hoy se halla contento en su trono el soberano de mi pecho, y unos pensamientos halagüeños me alegran el ánimo y me llevan flotando por encima del suelo como pocas veces. Soñé que hallándome muerto veía a mi dueña (¡qué raros son los sueños: estaba muerto en el sueño, pero pensaba!) y, a fuerza de besarme los labios, tanta vida me insufló que resucité y era emperador. ¡Por mi vida! Si la sola sombra del amor inspira tanta dicha, ¡cuán dulce será poseerlo! [*Entra* BALTASAR, *criado de* ROMEO, *con botas de montar*.] ¡Noticias de Verona! ¿Qué hay, Baltasar? ¿No traes cartas del fraile? ¿Cómo se halla mi dueña? ¿Mi señor padre se encuentra bien? ¿Qué tal está mi Julieta? Lo pregunto otra vez porque, si ella está bien, nada puede estar mal.

BALTASAR: Bien está ella y nada puede estar mal. Sus restos mortales reposan en la cripta de los Capuleto y su parte inmortal vive con los ángeles. La vi yaciente en el panteón de su familia y al punto he venido cabalgando. Ay, perdonad que traiga tan malas noticias, mas sólo cumplo lo que me encomendasteis, señor.

ROMEO: ¿Es así verdaderamente? Entonces, ¡astros, os desafío! Sabes dónde está mi alojamiento, ve y tráeme tinta y papel, y busca caballos de posta. Partimos esta noche.

BALTASAR: Os lo ruego, señor, tened paciencia. Estáis pálido y desencajado, no es buena señal.

ROMEO: ¡Bah! No sabes lo que dices. Déjame y ve a cumplir lo que te mando. ¿No traes carta del fraile?

BALTASAR: No, mi señor.

ROMEO: No importa. Vete ahora, alquila los caballos. Enseguida estoy contigo. [*Sale* BALTASAR.] Julieta, esta noche yaceremos juntos. Pensemos en los medios. ¡Ay, malicia, veloz llegas al pensamiento en momentos de desesperación! Sé de un boticario (y vive por estos alrededores) al que vi no ha muchos días cubierto de harapos, torva la mirada, recogiendo hierbas medicinales. Estaba muy delgado, la cruda miseria le había roído hasta los huesos, y en su mísero cubil colgaban del techo una tortuga, un caimán disecado y otras pieles de peces deformes; esparcidas por los anaqueles, para que pareciesen llenos, tenía unas pocas cajas vacías, cacharros de barro verduzco, vejigas y semillas rancias, cabos de bramante y panes de rosa viejos. Al ver tanta penuria dije entre mí: «Si cualquiera hubiere ahora menester de un veneno, cuya venta se castiga en Mantua con la muerte inmediata, he aquí al pobre desgraciado que se lo vendería.» ¡Ah, pensamiento adelantado, previsor de la necesidad! Ese menesteroso será quien me lo proporcione. Si mal no recuerdo, vive aquí. Es día festivo y, por tanto, el pobre diablo ha cerrado la tienda. ¡Ah de la casa! ¡Boticario!

Entra el BOTICARIO.

BOTICARIO: ¿A qué tan grandes voces?

ROMEO: Sal aquí, hombre. Veo que eres pobre. Toma, cuarenta ducados. Dame un dracma de veneno, y de tan pronto efecto que, no bien se disperse por las venas, caiga redondo el que, cansado de la vida, lo tome, y expulse de sí todo el aire con la misma fuerza con que la fulminante entraña del cañón expulsa la pólvora encendida.

BOTICARIO: Tengo drogas mortales de esa clase, pero en Mantua no es lícito venderlas, so pena de muerte.

ROMEO: Vives desnudo, en la mayor miseria, ¿y temes la muerte? Llevas el hambre en las mejillas, la necesidad y la indigencia agonizan en tus ojos, y el desprecio y la mendicidad te doblan la espalda. No cuentas con el favor del mundo ni te favorecen sus leyes, pues no hay en el mundo ley alguna que te haga rico; por tanto, deja de ser pobre, olvida la ley y acepta esto.

BOTICARIO: Por mi triste condición consiento, no por mi voluntad.

ROMEO: A tu condición pago, no a tu voluntad.

BOTICARIO: Echad esto en cualquier líquido y bebedlo. Al punto os despachará, aunque tuvierais la fuerza de veinte hombres.

ROMEO: Aquí tienes el oro, que es veneno más ponzoñoso para el alma humana, pues por él se cometen más asesinatos en este mundo detestable que esas pobres mezclas que no te permiten vender. Soy yo quien te da veneno a ti, no tú a mí. Adiós, compra alimentos, a ver si echas carnes. Ven, néctar compasivo, que no veneno, ven conmigo a la tumba de Julieta y allí te libaré.

Salen.

ESCENA II

[Jueves por la tarde.]

Celda de FRAY LORENZO.

Entra FRAY JUAN.

FRAY JUAN: ¡Santo fraile franciscano! ¡Hola, hermano!

Entra FRAY LORENZO.

FRAY LORENZO: Esa voz... será fray Juan, sin duda. Llegáis en buena hora. ¿Cómo están los asuntos en Mantua? ¿Qué dice Romeo? Aunque, si se tomó la molestia de escribir, dadme la carta.

FRAY JUAN: Por viajar acompañado, fui a buscar a un hermano descalzo, uno de nuestra orden que se hallaba en la ciudad visitando a los enfermos. Después que lo hube encontrado, la ronda de la ciudad dio en pensar que habíamos entrado los dos en casa de unos apestados; cerraron luego las puertas y nos impidieron salir; hube, por tanto, de suspender el viaje a Mantua.

FRAY LORENZO: ¿Quién llevó la carta a Romeo?

FRAY JUAN: No fue posible mandarla: aquí la tenéis. Tampoco encontré recadero que os la trajera, tan grande miedo tenían de contagiarse.

FRAY LORENZO: ¡Lamentable adversidad! ¡Por la santa orden! La carta no era una fruslería, sino de suma importancia, y, si no llega a su destino, las consecuencias pueden ser graves. Fray Juan, id a buscar una barra de hierro y traedla enseguida a mi celda.

FRAY JUAN: Voy, hermano.

FRAY LORENZO: Debo acudir solo al panteón. La bella Julieta despertará dentro de tres horas. Me maldecirá por no haber dado a Romeo noticia del plan, pero mandaré otra carta a Mantua y esconderé a la señora en mi celda hasta que venga él. ¡Pobre cadáver vivo, encerrado en la tumba de un difunto!

Sale.

ESCENA III

[Jueves por la noche.]

Cementerio. Panteón de los Capuleto.

Entran PARIS *y su* PAJE *con flores y agua perfumada.*

PARIS: Dame la antorcha, muchacho, y vete de aquí. Mas, no, apágala, no quiero que me vean. Túmbate al pie de aquellos cipreses y pega el oído al suelo; de ese modo, si anduviera alguno por aquí, oirías enseguida sus pasos, pues está la tierra muy suelta y revuelta de lo mucho que se cava. Si oyes algo, alértame con un silbido, y sabré que se acerca alguno. Dame las flores. Haz lo que te digo. Vete.

PAJE: Temo quedarme solo aquí, en el cementerio, pero voy a arriesgarme.

Se retira.

PARIS *esparce las flores sobre la tumba.*

PARIS: Tierna flor, de flores siembro tu tálamo nupcial. ¡Ay, qué tristeza! Tu dosel de polvo y piedras he de rociar todas las noches con agua perfumada y, a falta de ella, con lágrimas de mi pesar. A esta tumba he de acudir todas las noches a ofrecerte las exequias de mi llanto. [*El PAJE silba.*] El muchacho me avisa, se acerca gente. ¿Qué maldito huella la noche con sus pisadas e interrumpe esta ceremonia de duelo y amor verdadero? ¡Ah, y traen antorchas! ¡Noche, ocúltame un momento!

Se retira.

Entran ROMEO y BALTASAR con una antorcha, un azadón y una barra de hierro.

ROMEO: Dame el azadón y la palanca de hierro. Mira, toma esta carta y pon buen cuidado en entregársela a mi señor padre por la mañana temprano. Dame la luz. Por tu vida, te ordeno que, oigas lo que oyeres y veas lo que vieres, no te acerques ni interrumpas mi propósito. Desciendo a este lecho de muerte a contemplar el rostro de mi dueña, mas principalmente a rescatar de su dedo yerto un anillo precioso que he menester para cosa de mucha importancia. Vete, pues, aléjate. Si por recelo volvieras aquí a ver en qué me ocupo, juro por el cielo que te descoyunto hueso a hueso y esparzo todos los pedazos por este cementerio voraz. Esta hora y el propósito que tengo son atroces, más fieros son y mucho más implacables que un tigre hambriento y el mar embravecido.

BALTASAR: Me voy, señor, y no he de importunaros.
ROMEO: Eso es amistad verdadera. Aquí tienes. Vive, medra y adiós, buen amigo.
BALTASAR: Por eso mismo me quedo escondido aquí cerca. Su estado me espanta y recelo de su propósito.

Se retira.

ROMEO: ¡Fauces abominables, entrañas de la muerte, que habéis engullido el más precioso bocado de la Tierra! ¡Así os ordeno que abráis las pútridas mandíbulas! Y en pago os atiborraré de alimento.

ROMEO abre la tumba.

PARIS: Es el altivo Montesco, el desterrado, el asesino del primo de mi amada, el dolor de cuya muerte, según dicen, mató a la bella niña. Y ha venido aquí dispuesto a profanar la morada de los difuntos. Voy a prenderlo. ¡Detén esa herramienta inmunda, sacrílego Montesco! ¿Acaso buscas mayor venganza que la muerte? ¡Maldito infame! ¡Date preso! Obedece, ven conmigo, debes morir.
ROMEO: Sí, morir, para eso he venido aquí. Apreciado y gentil caballero, no tientes a un hombre desesperado. Huye de aquí y déjame solo. Acuérdate de estos difuntos y témelos. Te lo suplico, noble joven, no me muevas a la ira, pues me obligarías a cargar con otro pecado. ¡Ah, vete de aquí! Al cielo pongo por testigo de que te

aprecio más que al que te habla, pues he venido aquí armado contra él. No te quedes, vete, vive y a partir de este instante di que un loco te rogó que huyeras por compasión.

PARIS: No acepto tu súplica. ¡Date preso aquí y ahora, malhechor!

ROMEO: ¿Me provocas? Entonces, ¡en guardia, muchacho!

Luchan.

PAJE: ¡Ay, Dios! ¡Se enfrentan! Voy a buscar a la ronda.

Sale el PAJE.

PARIS: ¡Ah, muerto soy! Si tienes compasión, abre la tumba y llévame al lado de Julieta.

PARIS *muere.*

ROMEO: Sea, por mi fe. Veamos de cerca este rostro. ¡Es el pariente de Mercucho! ¡El noble conde Paris! Algo me contó el criado en el camino, mas las tribulaciones me impidieron prestar atención. ¿No dijo acaso que Paris iba a desposarse con Julieta? ¿O lo soñé? ¿O he perdido el juicio al oírle pronunciar el nombre que idolatro, y ahora desvarío? ¡Ah, dame la mano! ¡Tu nombre y el mío están juntos en el tiránico libro del infortunio! Voy a darte sepultura de honor. ¿Sepultura? ¡Oh, no! ¡Palacio radiante, joven sacrificado! Pues yace aquí Julieta y su belleza troca esta cripta en sala alegre y luminosa. [*Deposita a Paris en la tumba.*] Muerte, ya lo ves, es un muerto el que te entierra. ¡Cuántos hombres han recibido con alegría el momento de la muerte! Y sus guardianes lo llaman relámpago precursor de la muerte. ¿Y he de decir yo que esto es un relámpago? ¡Ay, amor mío, mi dueña! La muerte, que ha libado la miel de tu aliento, no ha podido arrebatarte todavía la belleza. Todavía no te ha conquistado. Aún destaca en tus labios y tus mejillas la lozana enseña roja de la hermosura, no la blanca, que la muerte aún no ha podido plantar en ellos. Teoblado, ¿reposas ahí envuelto en un sudario ensangrentado? ¿Qué mayor favor podría hacerte que cercenar con esta mano, que te cortó en dos la juventud, la de aquel que era tu enemigo? Perdón te pido, primo mío. ¡Ay, querida Julieta! ¿Cómo puedes ser tan bella todavía? ¿Debo creer que la inmaterial muerte es capaz de enamorarse, que el monstruo escuálido y aborrecible te guarda aquí en tinieblas, convertida en su amante? Temo que así sea y por eso me quedaré a tu lado y no me alejaré nunca más de este palacio de noche oscura. Aquí me quedo, con los gusanos que te sirven. ¡Ah, sí! Aquí prepararé mi aposento eterno y sacudiré de esta carne, hastiada del mundo, el yugo de los desfavorables astros. Ojos, mirad esta última vez. Brazos, abrazad por vez postrera. Y labios, ¡ah, vosotros, que sois las puertas del aliento! Sellad con un beso justo este trato eterno con la muerte devoradora. Ven, mediador implacable, ven, guía desabrido, tú, piloto desesperado, manda al punto contra las imponentes rocas tu nave cansada de navegar. ¡Por mi amada! [*Bebe.*] ¡Ah, boticario leal! La droga que me diste obra enseguida. Muero con un beso.

Muere.

Entra FRAY LORENZO *con una antorcha, una barra de hierro y una pala.*

FRAY LORENZO: ¡San Francisco me dé pies! ¿Cuántas veces he tropezado esta noche con las tumbas? ¿Quién vive?

BALTASAR: Un amigo que os conoce bien.

FRAY LORENZO: Bendito seas. Dime, buen amigo, ¿qué antorcha es aquella que en vano presta luz a gusanos y calaveras ciegas? Se diría que arde en el mausoleo de los Capuleto.

BALTASAR: Así es, santo padre, y allí se encuentra mi amo, al que amáis.

FRAY LORENZO: ¿De quién hablas?

BALTASAR: De Romeo.

FRAY LORENZO: ¿Cuánto ha que está en ese lugar?

BALTASAR: Media hora cumplida.

FRAY LORENZO: Ven conmigo a la cripta.

BALTASAR: No me atrevo, señor. Mi amo no sabe que me he quedado aquí, pero me amenazó de muerte terriblemente si me quedaba a ver lo que hacía.

FRAY LORENZO: Quédate, pues. Voy solo. Me invade el temor. ¡Ay, mucho temo algún suceso terrible!

BALTASAR: Mientras dormía al pie de este tejo, soñé que mi amo sostenía una pelea y que mataba al contrincante.

FRAY LORENZO: ¡Romeo! [*El fraile se agacha a mirar la sangre y las armas.*] ¡Ay, desdicha! ¿Qué sangre es ésta, que tiñe las piedras del umbral de este sepulcro? ¿Qué significan estas espadas ensangrentadas y sin amo? ¿Por qué se encuentran en este remanso de paz? ¡Romeo! ¡Cuán pálido! ¿Y quién más? ¿Cómo? ¿También Paris? ¡Y empapado de sangre! ¡Ay, qué funesta hora es culpable de este infortunio sin igual? La dama se mueve.

JULIETA despierta.

JULIETA: ¡Ah, buen fraile de mi consuelo! ¿Dónde está mi dueño? Recuerdo muy bien dónde debía hallarme, y aquí me hallo. ¿Y Romeo dónde está?

FRAY LORENZO: Oigo voces. Señora, sal del nido de la muerte, el hedor y el sueño artificial. Una fuerza superior contra la cual nada podemos ha truncado nuestro propósito. Vamos, salgamos de aquí. Tu esposo yace muerto ahí, en tu regazo, y también Paris. Vamos, te llevaré a un convento de monjas del Señor. No te demores con preguntas, que la ronda ya se acerca. Vamos, vamos, buena Julieta. No alarguemos el momento de partir.

JULIETA: Id, idos vos de este lugar, que yo me quedo. [*Sale FRAY LORENZO.*] ¿Qué es esto? ¿Qué encierra con tanta fuerza la mano de mi leal esposo? ¡Un frasco! Veo que la causa de su muerte prematura ha sido un veneno.

¡Ingrato! Lo has apurado hasta el final, no has dejado una gota amiga que me ayude a seguirte. Te besaré: es posible que encuentre en tus labios un poco de veneno, un tónico que me dé la muerte. [*Lo besa.*] ¡Tienes los labios calientes!

Hablan fuera de escena.

GUARDIA PRIMERO: Guíanos, chico, ¿cuál es el camino?
JULIETA: Sí, oigo voces. No perdamos tiempo. [*Coge el puñal de ROMEO.*] ¡Ah, daga generosa! Te guardo en tu vaina, púdrete aquí y dame la muerte.

Se clava el puñal y cae.

Entra el PAJE con guardias de la ronda.

PAJE: Hemos llegado. Es ahí, donde arde la antorcha.
GUARDIA PRIMERO: Hay sangre en el suelo. Buscad por todo el camposanto. Id dos o tres y prended a todo el que halléis. [*Salen algunos guardias.*] ¡Lamentable estampa! El conde yace sin vida y Julieta se desangra, caliente aún, muerta por segunda vez, tras dos días aquí enterrada. Ve a contárselo al príncipe. Corre a casa de Capuleto. Despierta a Montesco. Los demás, buscad por todas partes. [*Salen algunos guardias.*] Vemos el lugar en el que han sucedido estas desgracias, pero no podemos saber lo que ha pasado, pues desconocemos las circunstancias.

Entran unos guardias con BALTASAR.

GUARDIA SEGUNDO: Éste es criado de Romeo. Lo hemos encontrado en el cementerio.
GUARDIA PRIMERO: Ponedlo a buen recaudo hasta que llegue el príncipe.

Entra otro guardia con FRAY LORENZO.

GUARDIA TERCERO: Traigo aquí a un fraile que no para de temblar y llora y suspira. Llevaba esta pala y este azadón cuando salió por ese lado del cementerio.
GUARDIA PRIMERO: Muy sospechoso. Custodiad también al fraile.

[Viernes de madrugada.]

Entra el PRÍNCIPE *con su séquito.*

PRÍNCIPE: ¿Qué desgracia tan madrugadora nos interrumpe el descanso matutino?

Entran CAPULETO, *la* SEÑORA DE CAPULETO *y varios* CRIADOS.

CAPULETO: ¿Qué sucede aquí, que anda todo el mundo alborotado?
SEÑORA DE CAPULETO: ¡Ay! La gente clama por la calle; unos dicen: «¡Romeo!», otros dicen: «¡Julieta!», y aun

otros dicen: «¡Paris!», y todos vienen hacia aquí corriendo y dando voces.

PRÍNCIPE: ¿Qué temor es éste que nos sobresalta los oídos?

GUARDIA PRIMERO: Alteza, aquí yace asesinado el conde Paris; Romeo ha perecido y Julieta, muerta una vez, ha muerto de nuevo y aún está caliente.

PRÍNCIPE: Buscad, inquirid y averiguad cómo han sucedido estos crímenes horrendos.

GUARDIA PRIMERO: Tenemos aquí a un fraile y al criado del difunto Romeo; portaban consigo herramientas a fin de abrir las tumbas de estos muertos.

CAPULETO: ¡Santo cielo! ¡Ay, esposa mía! ¡Mirad cómo sangra nuestra hija! Ese puñal erró el camino, pues, mirad, su casa está vacía en el cinto de Montesco, pero se ha envainado erróneamente en el pecho de mi hija.

SEÑORA DE CAPULETO: ¡Ay de mí! Esta visión de la muerte es una campana que anuncia el sepulcro a mi vejez.

Entran MONTESCO y sus CRIADOS.

PRÍNCIPE: Venid, Montesco, pues temprano os levantáis para ver caído tan temprano a vuestro hijo y heredero.

MONTESCO: ¡Ay, mi señor! Mi esposa ha fallecido esta noche. La pena por el destierro de mi hijo le ha segado la vida. ¿Qué otra desgracia conspira contra mis muchos años?

PRÍNCIPE: Mirad y lo veréis.

MONTESCO: ¡Ah, ignorante! ¿Qué modales has aprendido, si te vas a la tumba antes que tu padre?

PRÍNCIPE: Cerrad la boca a los lamentos desmedidos hasta que conozcamos el motivo, el comienzo y el verdadero curso de los acontecimientos. Después acogeré vuestro infortunio y os guiaré incluso hasta la muerte. Entre tanto, teneos y que la mala fortuna se someta a la paciencia. Traed aquí a los sospechosos.

FRAY LORENZO: Yo soy el principal, aunque también el más inocuo; sin embargo, soy más sospechoso, pues la hora y el lugar me acusan de este crimen terrible. Heme aquí dispuesto a acusarme y a absolverme, pues yo mismo me condeno y me exculpo.

PRÍNCIPE: Entonces, di sin demora lo que sabes de todo esto.

FRAY LORENZO: Seré breve, pues es más corto el aliento que me queda que el largo y fatigoso relato de lo sucedido. Romeo, ahí lo veis muerto, era el esposo de Julieta. Ella, ahí la veis muerta, era la fiel esposa de Romeo. Yo los uní secretamente en matrimonio el mismo día en que cayó Teobaldo, por cuya muerte prematura fue desterrado de la ciudad el recién casado. Julieta penaba por él, no por Teobaldo. Vos, por librarla del asedio de la pena, la prometisteis y la habríais casado con el conde Paris por la fuerza. Entonces vino a verme y, fuera de sí, me pidió una solución que la librase del segundo matrimonio; si no se la daba, en mi propia celda se daría muerte ella. Y así, guiado por mis conocimientos, le proporcioné un brebaje, una poción adormecedora, la cual obró el efecto deseado, pues le produjo un estado semejante a la muerte.

Entre tanto mandé a Romeo recado escrito conforme debía volver aquí esta noche aciaga, para sacarla de esta tumba entre ambos, pues sería el momento en que terminaría el efecto de la poción. Sin embargo, fray Juan, el emisario, fue retenido por azar y anoche mismo me devolvió la misiva. Entonces, a la hora en que debía despertarse, según los cálculos, vine aquí yo solo para sacarla de la cripta de sus antepasados, con intención de ocultarla en mi celda hasta poder dar cumplido aviso a Romeo. Sin embargo, cuando llegué aquí, pocos minutos antes de que despertara, hallé muertos en mala hora al noble Paris y al fiel Romeo. Ella despertó, roguéle que me acompañara y que llevara con paciencia la voluntad del Cielo, mas en tal momento, asustado por un ruido, salí de la cripta, y ella, desesperada, no quiso venir conmigo, mas ejerció violencia contra sí. Esto es cuanto sé; por lo que hace al matrimonio, el ama está al caso. Por lo tanto, si en todos estos sucesos hallareis falta mía, sacrificad de mi vida, acorde al rigor de la más severa ley, las pocas horas que quedarle puedan.

PRÍNCIPE: Seguimos teniéndoos por hombre virtuoso. ¿Dónde está el criado de Romeo? ¿Qué tiene él que decir de todo esto?

BALTASAR: Llevé a mi amo noticia de la muerte de Julieta y al punto partimos de Mantua en caballos de posta y llegamos a este mismo lugar, a este mismo mausoleo. Ordenome luego entregar esta carta a su señor padre y amenazome de muerte si entraba en la cripta tras él y si no me marchaba y lo dejaba solo.

PRÍNCIPE: Dame la carta, voy a leerla. ¿Dónde está el paje del conde, el que alertó a la ronda? Habla, mozo, ¿qué hacía tu amo en este lugar?

PAJE: Trajo flores y con ellas cubrió la tumba de su señora; me ordenó que me alejara y obedecí. Al poco llegó alguno con una luz y abrió la tumba y, tras unas palabras, mi amo lo amenazó con la espada, y entonces eché a correr en busca de la ronda.

PRÍNCIPE: Lo que está escrito en esta carta confirma las palabras del fraile: los sucesos de su amor, las noticias de la muerte de Julieta; también dice que compró un veneno a un boticario pobre y con el veneno acudió a esta cripta para morir y yacer junto a Julieta. ¿Dónde están esos enemigos? Capuleto, Montesco, aquí tenéis el castigo a vuestro odio, pues el Cielo ha encontrado la manera de matar vuestra dicha por medio del amor. En cuanto a mí, por consentir vuestra discordia, también he perdido a dos parientes. A todos nos ha castigado el Cielo.

CAPULETO: ¡Ay, hermano Montesco! Dadme la mano y sea este gesto la dote del novio a la novia, pues no puedo exigir más.

MONTESCO: Más os he de dar yo, vive Dios. A vuestra hija dedicaré una estatua de oro puro y, mientras Verona conserve su nombre, no habrá otra tan memorable como la de la constante y fiel Julieta.

CAPULETO: A su lado tendrá Romeo otra igual de rica. ¡Pobres víctimas que han sido de nuestra enemistad!

PRÍNCIPE: Trae la mañana consigo una paz sombría: el sol, entristecido, no asomará la cabeza. Marchaos, terminad de acordar entre vosotros esos penosos asuntos. Unos serán perdonados y otros serán castigados, pues no ha habido caso más lamentable que el que sucedió a esta Julieta y a su Romeo.

Salen.

CUADERNO DOCUMENTAL

SHAKESPEARE & ROMEO & JULIET

La era isabelina

La era isabelina, es decir, la época del largo reinado de la reina inglesa Isabel I (ocupó el trono entre 1558 y 1603), es el primer gran momento de la historia de Inglaterra, en pleno Renacimiento, y en muchos aspectos inaugura un verdadero Siglo de Oro de la cultura inglesa, que se manifiesta sobre todo en una creación artística de altísimo nivel, especialmente en los campos de la poesía, el drama y la música, con grandes nombres como Edmund Spenser, Philip Sidney, Samuel Daniel y John Donne, Christopher Marlowe, William Shakespeare y Ben Jonson, Thomas Tallis, William Byrd y John Dowland, entre muchos otros. Aun así, no fueron tiempos plácidos ni fáciles. Pero al fin y al cabo los triunfos sobre la Armada Invencible española de Felipe II, que consolidaron el dominio inglés del mar, y sobre la presión del Papa de Roma, que intentaba por todos los medios convertir la Inglaterra protestante a la obediencia católica, infundieron a la nación inglesa una fe en sí misma y un orgullo que jamás había conocido hasta entonces.

George Gower. *La reina Isabel I. Retrato de la Armada* (1588).

Edmund Spenser
(ca 1552-1599)

Philip Sidney
(1554-1586)

John Donne
(1572-1631)

Christopher Marlowe
(1564-1593)

Ben Jonson
(1572-1637)

John Dowland
(1563-1626)

William Byrd
(ca 1540-1623)

William Shakespeare

Retrato Cobbe de William Shakespeare.

William Shakespeare es, por consenso universal, uno de los poetas más grandes de la historia de la humanidad. Sin embargo, y pese a que son solo cuatro siglos los que nos separan de él, se sabe más bien poco de su vida y su persona. De hecho, a diferencia de otros autores menos pudorosos, se diría que Shakespeare quiso ocultarse tras las máscaras de sus personajes, o al otro lado de sus palabras; es más, incluso da la sensación de que el gran poeta se desinteresó a conciencia de la posteridad: en toda su vida, solo dio a la imprenta dos poemas, *Venus y Adonis*, en 1593, y *La violación de Lucrecia*, en 1594, que hoy se consideran relativamente menores con respecto al grueso de su obra (el resto de títulos, incluidos sus sonetos, se publicaron a espaldas del autor).

William Shakespeare nació en Stratford-upon-Avon, en el condado de Warwickshire, en el año 1564, en el seno de una familia de comerciantes —su padre era un próspero peletero, que llegó a alcanzar una notable distinción pública, pese a su fidelidad a la vieja fe católica—, y estudió en la escuela local, establecida hacía pocos años, donde adquirió una destacable formación

Casa natal de William Shakespeare en Stratford-upon-Avon.

clásica. Un declive en la fortuna paterna privó a aquel adolescente provincial de una formación ulterior. A los dieciocho años se casó con Anne Hathaway, ocho años mayor que él, con la que tuvo tres hijos: Susanna, en 1583, y los gemelos Hamnet y Judith, nacidos en 1585. Entre esta última fecha y la primera documentación de Shakespeare en el mundo teatral de Londres, en 1592, no sabemos nada a ciencia cierta: se trata de los llamados «años perdidos» de su biografía.

El caso es que encontramos al joven Shakespeare en Londres, habiendo dejado a su familia en Stratford, y trabajando en el mundo del teatro, por el que seguramente se sentía atraído desde hacía ya tiempo, a raíz de las frecuentes visitas de varias compañías a su localidad natal. En la capital hará de actor, de autor y, más adelante, incluso de empresario, en la compañía The Lord Chamberlain's Men, que en 1599 se establecería en el Globe Theatre, y que en 1603, con el ascenso al trono del rey Jaime I, pasaría a llamarse The King's Men. Durante una veintena larga de años, la carrera teatral de Shakespeare se desarrolló con una intensidad, una fertilidad y una progresión increíbles. En 1610, cuando el autor tenía tan solo cuarenta y seis años y contaba con un prestigio consolidado y una fortuna nada despreciable, decidió retirarse con su familia en Stratford, donde fallecería al cabo de seis años.

Paisaje de Stratford-upon-Avon con la iglesia de la Santísima Trinidad, a orillas del río Avon, donde fue bautizado y enterrado W. Shakespeare.

Resumiendo su producción teatral a grandes rasgos, podemos decir que a lo largo de los años noventa Shakespeare escribió comedias (*La comedia de los errores*, *El sueño de una noche de verano*, *Mucho ruido y pocas nueces*, etc.), dramas históricos sobre vidas de reyes ingleses (*Enrique VI*, *Ricardo III*, etc.) o de héroes de la antigüedad (*Julio César*) y una primera tragedia (*Romeo y Julieta*). A principios del siglo XVII, y hasta 1608, compuso sobre todo tragedias; en el punto culminante de ese estadio, se estrenaron en rápida sucesión las obras maestras del gran poeta dramático: *Hamlet*, *Otelo*, *El rey Lear* y *Macbeth*. En los últimos años de su carrera, Shakespeare experimentó con un género híbrido, en el que confluían la comedia, el cuento y la tragedia: *El cuento de invierno* y *La tempestad*.

Gustave Doré (1832-1883).
El sueño de una noche de verano.

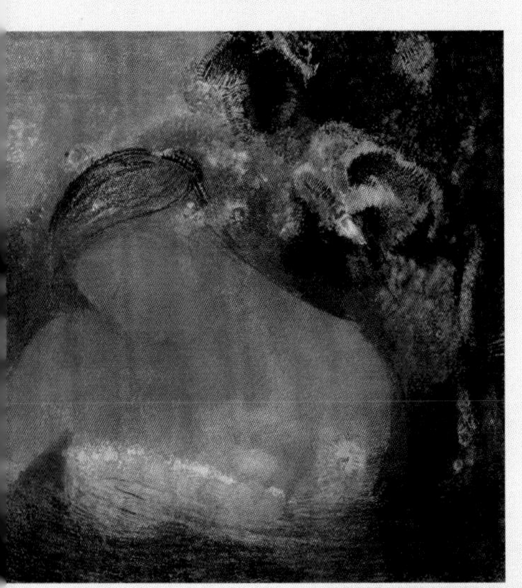

Odilon Redon. *Ofelia* (1898-1905).

Johann Heinrich Füssli.
Lady Macbeth (1784).

Robert Alexander Hillingford. *Otelo contando sus aventuras* (1869).

Las obras dramáticas nos han llegado en ediciones bastante azarosas, porque el autor no se preocupó de dar a la imprenta versiones revisadas y definitivas. La principal fuente de información es la edición conjunta que publicaron sus antiguos compañeros de profesión, recopilando los materiales de trabajo guardados en el teatro, en 1623, siete años después de la muerte del poeta. Sin embargo, de algunas obras sí aparecieron ediciones en vida del autor, aunque no sancionadas por él mismo. De *Romeo y Julieta*, por ejemplo, se publicó una versión en 1597, a partir de la reconstrucción que hicieron, más o menos de memoria, varias personas vinculadas de un modo u otro a su estreno. Pero esa reconstrucción era tan defectuosa que tan solo dos años después apareció otra, hecha a partir de documentos de la compañía, bastante más fiable que la primera, y tampoco supervisada por el autor (en aquella época los derechos de autor aún estaban indefensos).

EL TEATRO ISABELINO

John James Chalon (ca 1798-1854).
Shakespeare leyendo a la reina Isabel I.

Para leer mejor *Romeo y Julieta*, conviene tener una idea, aunque sea sumaria, de cómo era el teatro en Londres y en la época isabelina, ya que la concepción de los contemporáneos de Shakespeare era sustancialmente distinta a lo que nosotros hoy entendemos como teatro. En los últimos decenios, nuestro teatro occidental se ha ido decantando progresivamente hacia la vertiente más espectacular del arte escénico, empujado por la evolución meteórica de los recursos tecnológicos, que permiten unas exhibiciones escenográficas, lumínicas y acústicas que finalmente propician que la palabra aparezca como un náufrago minúsculo ahogándose sin remedio en medio del estrepitoso oleaje.

Por encima de todo, hay que tener en cuenta que en el teatro isabelino no había ninguna pretensión naturalista. Autores, actores y espectadores sabían muy bien que aquello que se presentaba en el escenario no era ninguna imitación de la realidad, sino una representación, esto es, la creación de una realidad autónoma, perfectamente separada de nuestra realidad histórica. Los teóricos de la época señalaban que no se trataba de engañar al público (*deceive*), haciéndole creer que lo que sucedía en escena era real, sino de hacerle imaginar (*conceive*) la misma realidad virtual, por así llamarla, que había imaginado el autor. Para conseguirlo, el autor debía pronunciar el texto con plena conciencia retórica: no bastaba con decir el texto, que casi siempre estaba escrito en verso, con musicalidad, sino que también había que desplegar todos los recursos necesarios para suscitar en el público el efecto buscado por el autor (los poetas ya procuraban puntuar el texto con la máxima precisión, para que los actores pudieran interpretar correctamente su intención). La formación de los actores, que comenzaba ya en la adolescencia, se centraba en este objetivo: dar a la palabra del texto, a través de la elocución y del gesto, toda la importancia en el levantamiento del edificio dramático. Una buena «pronunciación» del texto podía comunicar las intenciones del autor más allá incluso de la comprensión de las propias palabras (no olvidemos que el público del teatro isabelino era socialmente «transversal», como diríamos hoy en día, y que por tanto muchos espectadores eran analfabetos). Por lo tanto, el actor isabelino ya no era un saltimbanqui medieval, sino un verdadero comunicador, por decirlo en términos actuales. Y el teatro era, antes que espectáculo, pura literatura.

Actores en el Shakespeare's Globe Theatre de Londres.

Esta conciencia de la importancia capital de la palabra en la construcción de una realidad imaginada comportaba lógicamente un desinterés por cualquier ilusión de naturalismo: en la escena isabelina no había decorados ni objetos de la realidad, más allá de algún cortinaje de fondo, alguna silla o algún accesorio alusivo, y se podía pasar directamente de una escena interior a una exterior sin tener que interrumpir la función; en cambio, sí se hacía uso de un vestuario variado que ayudaba a identificar visualmente a cada personaje, y se recurría profusamente a la música y a los efectos acústicos para evocar la atmósfera del mundo imaginario de la obra. Quizá el colmo de aquel antinaturalismo lo hallaríamos en el hecho de que los papeles femeninos fueran interpretados por muchachos jóvenes, sin que nadie lo encontrara dramáticamente implausible (por aquel entonces, como en otros momentos de la historia, estaba mal visto que las mujeres hicieran teatro).

En la Italia de la época, curiosamente, se estaban sentando las bases para una evolución naturalista del teatro, con el retorno a la teoría mimética de la *Poética* de Aristóteles: es decir, la que establece que el arte es una imitación de la naturaleza. Una evolución, por cierto, que afectaría profundamente al teatro de los siglos venideros. Así pues, los contemporáneos italianos de Shakespeare ya debían de pensar que aquella manera de hacer teatro de los ingleses era anticuada y primitiva, bárbara, en comparación con su propio retorno «vanguardista» a la teoría de un clásico como Aristóteles. Cuatro siglos después, a nosotros, irónicamente, se nos antoja mucho más moderna la concepción isabelina que la naturalista posterior.

En *Romeo y Julieta*, todo sucede en la palabra. Esto no significa que la presentación escénica de la obra fuera estática, ni mucho menos. Las contiendas, por ejemplo, se escenificaban perfectamente; y la famosa escena del balcón tenía lugar en dos planos: el actor que hacía de Julieta aparecía en un nivel superior, en uno de los pisos situados sobre el escenario, mientras que el que hacía de Romeo se mantenía a pie llano.

LA HISTORIA DE LOS DOS *enamorados*

En este contexto histórico y estético, no es nada sorprendente que los argumentos de las obras dramáticas fueran auténticos pretextos (en el sentido literal de «pre-textos») para la elaboración del texto poético, que era el verdadero protagonista de la obra. Por eso Shakespeare (al igual que los demás autores coetáneos, por supuesto) no sentía necesidad alguna de inventar argumentos nuevos, sino que recurría con toda naturalidad a temas históricos o a temas literarios ya existentes; de hecho, de todas las obras dramáticas del Bardo, solo un par o tres presentan argumentos para los que no se conocían fuentes evidentes. Tampoco los espectadores, a su vez, acudían al teatro a ver cómo se desovillaba una historia, que a menudo ya conocían de entrada, sino que iban para dejarse seducir por la magia evocadora de la palabra.

Así pues, Shakespeare tampoco se inventó la historia de los dos amantes adolescentes de Verona. No tan solo la encontró ya escrita por escritores anteriores, sino que en su época aquella leyenda italiana incluso se había vuelto poco o muy conocida entre cierto público londinense. Resulta difícil decidir si en la determinación de Shakespeare de abordar un tema popular pesaba más el cálculo comercialista de quien sabía qué gustaba más al público, o la audacia de ofrecer una obra que apareciese como nueva a un público que a priori podía considerarla ya sabida.

El argumento básico de los dos malogrados amantes tiene un origen remoto en el folclore, y por tanto debe de formar parte de aquel poso común de la humanidad anterior a la historia. En la tradición escrita, aparece ya muy definido en el libro cuarto de las *Metamorfosis* de Ovidio, en la historia de Píramo y Tisbe, que durante muchos siglos fue el paradigma culto de la historia de los dos infortunados amantes. El viejo tema folclórico no reapareció en la tradición escrita hasta que los seguidores italianos de Boccaccio, autores de numerosos *novellini* basados en temas folclóricos vestidos a la moderna, no impusieron una literatura de entretenimiento en prosa, ya en pleno Renacimiento.

Jan Gossaert (ca 1478-1532). *Píramo y Tisbe*.

El primer ejemplo lo encontramos en el trigesimo tercer cuento de la colección *Cinquanta novelle*, de Masuccio Salernitano, publicada en Nápoles en 1476, que sitúa la historia de los dos amantes Mariotto y Gianozza en la Siena de su tiempo. Medio siglo después, en el año 1530, en Venecia, Luigi da Porto ya presentaba la historia perfectamente integrada en Verona, con los nombres definitivos de los protagonistas, y también en tiempos históricos identificables. Finalmente, en 1554 Mateo Bandello publicaba, en su segundo volumen de *Novelle*, la versión de la historia de los amores de Romeo y Julieta que se haría más popular en la Italia de la época. Poco después, en 1559, Pierre Boaistuau publicaba una versión francesa de la novelita de Bandello, con aportaciones propias. Y no mucho más tarde, en 1562, Arthur Brooke daba a conocer su adaptación inglesa de la obra de Boaistuau, esta vez en 3.020 versos enriquecidos aún con la influencia del gran poeta del siglo XIV Geoffrey Chaucer (sobre todo del poema *Troylus and Criseyde*).

El supuesto balcón de Julieta, en Verona.

Romeo y Julieta

Shakespeare, en 1595, llega al fondo de todo este proceso de construcción gradual de la historia, desarrollado a lo largo de menos de un siglo en varios lugares de Europa, y toma el poema narrativo de Brooke como punto de partida. El argumento y los personajes que encuentra están prácticamente a punto para empezar a trabajarlos: ya están inventados, elaborados, e incluso son poco o muy conocidos por una parte de su público. Lo «único» que tiene que hacer Shakespeare es convertir esa historia que se había puesto de moda en una obra de arte inolvidable. Para ello, el poeta no debe seguir «inventando» o enriqueciendo la historia (aunque Shakespeare también hizo aportaciones propias), sino que debe inventar, es decir construir, un artefacto verbal capaz de hacer que aquella inocente novelita italiana de entretenimiento se convierta, a través de su tratamiento poético y dramático, en un mito universal.

Pero la primera operación necesaria ya es, de hecho, una intervención radical: lo que antes nos contaba un narrador, en prosa o en verso, ahora se nos tiene que aparecer directamente en boca de los protagonistas, sin la ayuda de ningún narrador. Los personajes deben cobrar vida a través de las palabras que el poeta les pondrá en los labios, y éste debe recomponer todo el material argumental en un nuevo designio. Debe organizarlo y equilibrarlo de un modo totalmente distinto, y darle una forma estéticamente satisfactoria. Algunos ejemplos: así como Brooke hacía aparecer a los personajes de la historia a medida que el relato los necesitaba, Shakespeare ya nos los presenta a casi todos de entrada y se nos insinúa enseguida su potencial (Teobaldo, así, ya se convierte en una amenaza inquietante mucho antes de la escena de la lucha con Mercucho y después con Romeo); al mismo tiempo, Shakespeare desarrolla un personaje secundario como Benvolio para contraponer su buena voluntad a la violencia latente de Teobaldo, en una especie de juego de equilibrio de fuerzas; asimismo, desarrolla a la nodriza para contraponer su locuacidad popular a la verbosidad ingeniosa de Mercucho, e incluso se inventa una escena para enfrentarlos en primer término. Etcétera.

Arriba: Eugène Delacroix. *Romeo despidiéndose de Julieta* (1845).

Romeo y Julieta, al igual que *Trabajos de amor perdidos*, escritas ambas de forma casi simultánea, tratan del amor y de la manera de entenderlo en la época. Sin embargo, *Trabajos de amor perdidos* es una comedia sobre los usos de los enamorados a la moda, mientras que *Romeo y Julieta* es una tragedia que sacude el tema inicial, frívolo y artificioso como todas las modas, para hacer triunfar la fuerza profunda e ingobernable del amor. Con todo, la tragedia comienza presentándonos a un enamorado, Romeo, y a sus amigos, en perfecta sintonía con la moda del enamorado melancólico y desafortunado derivada de la corriente literaria del petrarquismo, que había puesto a media Europa —Inglaterra incluida— a escribir sonetos sobre los infortunios del amor, a la manera de Francesco Petrarca (un poeta casi dos siglos anterior a dicha moda). No es casual, pues, que el prólogo de la obra sea un soneto: la propia forma ya es una especie de advertencia sobre el tema que se quiere presentar. De hecho, todo el primer acto es una presentación de la manera de concebir el enamoramiento según aquella moda: Romeo, enamorado de una tal Rosalina, aparece como un joven arisco y melancólico por la falta de correspondencia amorosa, y se expresa en los términos característicos

Nicholas Hilliard. *Joven desconocido apoyado en un árbol, entre rosas* (1585-95).

del petrarquismo (paradojas como «¡Pluma de plomo, humo luminoso, fuego frío, salud enferma, sueño insomne que no es lo que es!», o versos elaboradamente rimados como: «*When the devout religion of mine eye / Maintains such falsehood, then turn tears to fires; / And these, who often drown'd could never die, / / Transparent heretics, be burnt for liars! / One fairer than my love! the all-seeing sun / Ne'er saw her match since first the world begun*»). Incluso en el punto culminante del acto, casi al final de la última escena, cuando Romeo descubre a Julieta en mitad del baile, se le acerca y le empieza a hablar en forma de cuarteto de soneto:

Romeo
If I profane with my unworthiest hand
This holy shrine, the gentle fine is this:
My lips, two blushing pilgrims, ready stand
To smooth that rough touch with a tender kiss.

Galina Ulanova y Sergeyev en el estreno del ballet *Romeo y Julieta*, del compositor ruso Sergei Prokofiev (1940).

A su vez, Julieta, pese a ser demasiado joven y natural para haber entrado en la comedia de la moda petrarquista, le sigue el juego y le contesta con otro cuarteto de soneto:

JULIET
Good pilgrim, you do wrong your hand too much,
Which mannerly devotion shows in this;
For saints have hands that pilgrims' hands do touch,
And palm to palm is holy palmers' kiss.

El diálogo entre los dos jóvenes continúa hasta completar un soneto, que se concluye justamente con el primer beso de la pareja.

ROMEO
Have not saints lips, and holy palmers too?

JULIET
Ay, pilgrim, lips that they must use in prayer.

ROMEO
O, then, dear saint, let lips do what hands do;
They pray, grant thou, lest faith turn to despair.

JULIET
Saints do not move, though grant for prayers' sake.

ROMEO
Then move not, while my prayer's effect I take.
[La besa.]

Si bien el segundo acto se abre aún con un soneto a la moda, a partir de ese momento Romeo empieza a dejar atrás la artificiosidad de esa manera de producirse, forzado por la naturalidad y la autenticidad de Julieta, e incluso comienza a expresarse sin aquellos clichés acartonados.

El triunfo de la naturalidad sobre la convención artificial, de la vida sobre las racionalizaciones que nos fabricamos –tema central en la obra–, se refleja incluso en un personaje tan improbable como fray Lorenzo, que aparece en el segundo acto como un maestro sentencioso y prudente (que habla en dísticos rimados, como un libro de máximas morales), y que a lo largo de la obra, arrastrado también por la fuerza de la pasión, se convierte en un protagonista activo de la tragedia como si de un «pecador» cualquiera se tratase.

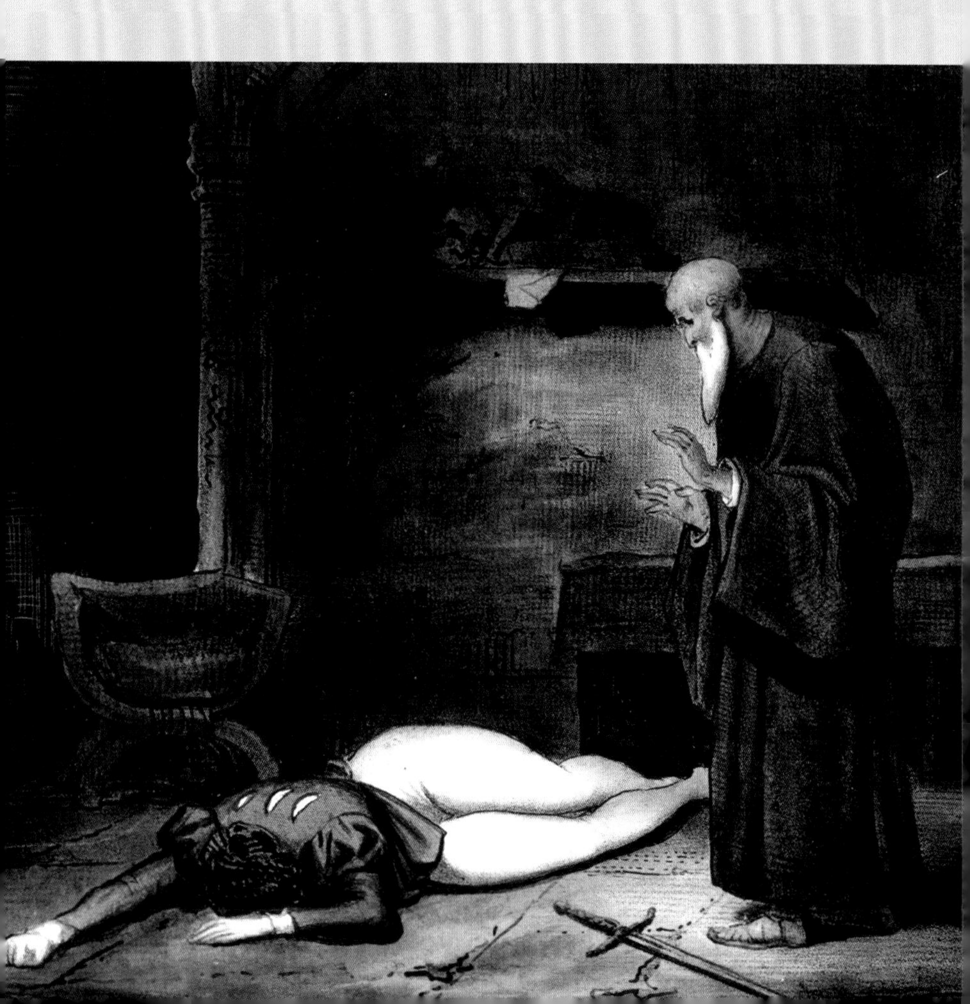

ROMEOS Y JULIETAS DE CINE

Harry Hilliard y Theda Bara
Director: J. Gordon Edwards (1916)

Leslie Howard y Norma Shearer
Director: George Cukor (1936)

Olivia Hussey y Leonard Whiting
Director: Franco Zeffirelli (1968)

Claire Danes y Leonardo DiCaprio
Director: Baz Luhrmann (1996)